韓劇為什麼好看？

한국 드라마는 왜 재미있을까？

學韓語是一趟文化探索之旅。

韓劇為什麼好看？

　　國三那年，有段時間我很熱衷於半夜兩點摸黑爬起床，三點再回去睡。由於爸媽房間離客廳很近，按下遙控器開關的那一秒，另隻手就早已在音量鍵旁預備好直接壓到最底，接下來，電視就開始播著無聲版的《花樣男子》。

　　《花樣男子》可以說是帶我跌入韓劇坑的頭號功臣，當時還很喜歡和朋友互稱具俊表、金絲草，玩起角色扮演，也跟許多人一樣，常和朋友們爭論李敏鎬和金賢重誰比較帥。接著《祕密花園》、《城市獵人》、《成均館緋聞》、《擁抱太陽的月亮》、《聽見你的聲音》等劇更是豐富我的學生時期，連同那些追劇的夜晚，我將許多青春獻給了韓劇，甚至大學也選了韓文系讀。

　　問起身邊同學念韓文的動機，得過「因為喜歡○○偶像」、「覺得韓文很好聽」、「多會一種語言就多一份競爭力」、「之後想去韓國住」等五花八門的答案，但最多的依然是「喜歡韓劇」。真是奇怪，韓劇究竟有何魅力，讓不會韓文的人也能說上幾句「撒啷黑 (사랑해 我愛你)」、「歐爸 (오빠 哥哥)」、「咪安捏 (미안해 對不起)」，更讓這麼多人想學韓文呢？帶著如此疑問，我們著手製作了本期創刊號內容。

　　「《來自星星的你》很經典耶？不放嗎？」「那部不是13年的戲了嗎？會不會太久？」「那《青春紀錄》？乾脆朴寶劍所有作品都放好了（私心笑）」「可是這本書就128頁，能講幾部呀？」真糟糕，編輯會議上我們一開始就陷入了膠著。但越是討論，我們就越是感受到，韓劇之所以好看，是因為背後有這些寫故事、拍故事的人們，而養出這些人的土地 ── 韓國，才是我們更要聚焦探討的，到底這塊土地上有什麼樣的故事。於是我們從韓國當代現況與社會議題反向選擇戲劇，收錄了講女性議題的《請輸入檢索詞WWW》、講求職市場的《未生》等作品。當然，我們也將這些人們所在的職位、所做的事情都放進了書裡。

　　認識了這些韓國的人們，再回頭看看我們這邊，台灣有一群默默深耕於韓劇產業的人，他們深愛韓劇，而且肯定比我們更懂韓劇。我們訪問了八大電視、紅棒製作、文安娛樂以及苡瑄、育丞、姵儀三位字幕譯者，聊聊他們的工作，也採訪影視娛樂行銷人黃孝儀先生，針對產業界提問了十項疑惑。其實，這也是我們一直想做的事情，韓語學習書做了很多，卻總覺得只是單向傳達韓國與韓文，這當然沒有不好，但對於無法將台韓連結起來、傳達出台灣聲音的這點，老是感到很遺憾可惜。再說，要不是有這群人，國三的我大概也無法有幸遇見韓劇。

　　我曾跟一位朋友分享，自己至今最愛的韓劇依然是《花樣男子》。友人還十分疑惑問道：這不像你會喜歡的調調呀？是啊，貧窮女和富家公子的戀愛套路實在好膩，但我直到還在還是會有事沒事上網找影片來看（雖然畫質都沒有很高清就是了）因為這部戲承載我當時愛著它的情感、記憶，構成了部分的自己。我想，韓劇就是有這樣的魅力吧，不只故事精采，在追劇的我們也會把自己代入，跟著角色又哭又笑又生氣，一方面也建構了自己。

本期編輯 郭怡廷

MOOKorea
VOL. 001
韓 劇 樣 貌

線上音檔使用說明：
①掃描 QRcode →②回答問題→
③完成訂閱→④聆聽書籍音檔。

目次

오프닝 OPENING

008 韓劇現象 IN 台灣

대화 CONVERSATION

014 **電視台 방송국**
— 背景知識：淺談韓國電視台發展脈絡

016 **導演 감독**
— 背景知識：節目製作人好當嗎？

018 **編劇 작가**
— 背景知識：如何成為韓劇編劇？

020 **演員 배우**
— 背景知識：韓國知名與片酬高的演員有誰？

022 **工作人員 스태프**
— 背景知識：拍攝現場過勞事件不斷發生

024 **妝髮與造型 메이크업과 패션 스타일**
— 背景知識：PPL 效益無遠弗屆

026 **韓劇原聲帶 드라마 OST**
— 背景知識：有哪些知名的 OST 歌曲？

028 **剪輯 편집**
— 背景知識：談剪輯工作之偉大

030 **宣傳 홍보**
— 背景知識：韓劇公關公司都在做什麼？

032 **政策 정책**
— 背景知識：文化產業帶動韓國經濟

034 Column 韓劇迷最想知道的十大產業祕辛

관점 VIEW

038 **未生 미생**
— 閱讀更多：困頓求職市場難以改變

046 **請回答 1988 응답하라 1988**
— 閱讀更多：1988 年對韓國的意義？

054 **信號 시그널**
— 閱讀更多：《殺人回憶》與華城連續殺人案件

062 **天空城堡 SKY 캐슬**
— 閱讀更多：畸形的教育熱現象

070 **請輸入檢索詞 WWW**
검색어를 입력하세요 WWW
— 閱讀更多：女性角色在韓劇裡的轉變

078 **愛的迫降 사랑의 불시착**
— 閱讀更多：《愛的迫降》中北韓設定貼近事實

086 **機智醫生生活 슬기로운 의사생활**
— 閱讀更多：醫療政策隨國力改善

094 **雖然是精神病但沒關係 사이코지만 괜찮아**
— 閱讀更多：韓國精神病院逐漸增加

생활 LIFE

104 **韓劇對韓國的影響 드라마 X 한국**

韓劇在台灣的模樣 드라마 X 대만

112 # 引進 都買啦！哪次不買！韓劇版權貿易到底在幹嘛？

114 # 引進 透視螢幕後的電視台採購 Know-How

118 # 製作 字幕譯者，請回答！

124 # 製作 用聲音賦予新生命，韓劇配音原來是這樣！

126 # 社群 流量背後的真心：我的救生圈

有雷慎入！封面插圖彩蛋大公開

（建議：請先闔上書，仔細觀察書封插圖）

不曉得你看書封時，是否發現這張圖藏有一些韓劇呢？追劇少女的周圍充滿各種暗示物件，現在就來看看原圖，猜猜到底有哪幾部韓劇吧！

《信號》
對講機是貫穿整部戲的核心物品。透過它，主角們得以穿越時空對話，解決案件。

《請輸入檢索詞 WWW》
棒球插畫為劇中裴朵美和車賢各拿著球棒，狠勁地砸車，展現強烈帥氣的女 crush ！

《請回答 1988》
劇裡，崔澤與金正煥都送了粉紅色手套給成德善。但德善出門前猶豫了一下後，選擇戴上阿澤送的連指手套，而非正煥的五指手套。

《請回答 1988》
關於《4'33"》深度哏的立意與說法一直是眾說紛紜。劇中，鳳凰堂店裡時鐘的指針通常都各自不同，但在第六集某一幕裡，時間卻都統一指向 4 點 33 分，暗示男主角崔澤即將正式登場。

《天空城堡》
為了培養兩位兒子考上頂尖大學，車民赫將兒子關在黑暗的讀書室解題，並將節拍器放在孩子面前，規定作答時間。

《雖然是精神病但沒關係》
蝴蝶是這部劇極為重要的一項元素，三位主角都與蝴蝶有很深的淵源與羈絆。

《愛的迫降》
第四集後半段，尹世理迷失在黑暗的北韓市集裡，利正赫高舉著香氛蠟燭，靠著燭光，兩人得以找到彼此。

《未生》
故事刻劃韓國職場生活，講述為了進入企業、成為正式員工、安穩留在公司裡而發生的故事，職員證也代表是公司的一份子。

《天空城堡》
被咬過的蘋果，出現在金慧娜於姜家時，悠然隨意地拿起一顆蘋果吃。一開始劇組設定為只有親生女兒才可能在自家裡自由行動，任意拿取物品。而網友們也延伸出蘋果為禁果之意，暗示慧娜之後的遭遇。

《機智醫生生活》
這部戲幾乎每集尾聲都有五人幫的練團畫面，翻唱多首韓國經典歌曲。據說練團過程毫無替身，敬業態度令人敬佩！

오프닝

OPENING

韓劇現象 IN 台灣

韓劇現象 *in* 台灣

文／圖・張鈺琦

　　韓劇受到台灣人的喜愛，要從 2000 年 KBS 推出由尹錫湖（윤석호）導演執導的四季戀歌開始說起，從 2000 年的《藍色生死戀》、2002 年的《冬季戀歌》、2003 年的《夏日香氣》與 2006 年的《春天的華爾滋》，劇中美輪美奐的韓國四季風景，讓觀眾開始對韓國心生嚮往，例如《冬季戀歌》拍攝地南怡島、春川、龍平滑雪場，《夏日香氣》的濟州島茶園，《藍色生死戀》的東海岸等，四季戀歌雖然打開了台灣人對韓劇的接受度，卻還未對我們的生活造成影響。而說到當年的韓劇，女主角都喜歡深色的大紅口紅，頭上綁著大腸圈，實在不是台灣女性所能接受的美感，當時媒體也會隱約地嘲弄韓式彩妝，在十多年後，不論是韓衣、韓妝、韓食，甚至韓國旅遊，都蔚為風潮，也應該是人們始料未及吧！這邊特別整理了 12 個韓劇為台灣帶來的影響與因韓劇產生的迷思，與你一同檢視韓劇對我們生活的影響。

1.韓貨上身，東區變東大門

論及韓國時尚最早在台灣引發流行，絕對不能不提 2004 年 KBS 的《浪漫滿屋》（풀하우스），當時女主角宋慧喬一頭微捲的頭髮，綁著花朵髮飾與側馬尾，小短裙搭配迷你針織罩衫，搭配清新自然的妝容，一下子就風靡了台灣的女性，吹起一股喬妹風，這是台灣喜愛韓國流行之始。此後，韓劇女主角的穿衣風格與髮飾，開始變成台灣女性喜歡的風格，前陣子尤以 2019 年 tvN 的《德魯納酒店》（호텔 델루나），女主角 IU 飾演的張滿月造型，更是深受台灣女性喜愛，包含她的口紅、髮夾與耳環等都十分流行。而曾經是女性們熱愛的逛街勝地東區，如今巷弄內的店家與路邊的飾品小攤幾乎都強調是「韓貨」，逛一趟東區彷彿置身韓國東大門，在十多年前，如果提及韓貨，彷彿就是代表「五分埔」，並非高級貨的意思，然而現在，賣家卻拼命強調商品是韓貨，哪怕不是韓貨，也要強調是「韓版」，似乎只要加上個「韓」，價格就能翻上幾倍。

2.學習韓文人數暴增，國、高中開設韓文課程

根據 109 學年度高級中等學校開設第二外語數統計表（109.10.16），針對 305 個高中、職學校開設 13 個語種的調查指出，全台共有 201 個班級選擇韓文

作為第二外語，學生共計 5813 人，僅次於日語，高於法語，位居第二；就連國中都有社團課程是韓文課，巨大的韓語學習熱能也造成韓語師資短缺的現象。除了國、高中開設韓文課程，韓語補習班也是一家接一家地開，例如 SUPER JUNIOR 成員圭賢的父親也在台灣開設韓語補習班，老字號以英日語為主的補習班也加設韓語課程，搶攻韓語學習市場，本身並不設有韓文系的大學也紛紛在外語中心開設韓語課程，且現在到書店終於能看到韓語學習書擁有自己的一個小位置，而非被放在日文書的角落，學習韓語的人數暴增，也是韓劇帶來的新現象。

3. 共居風起，顛覆住宿與家的傳統思維

一直以來，不論是北漂或南漂、到外地求學或求職，住宿就是一大問題。至今，五、六年級生們通常會遵循「雅房」到「套房」路線，只要經濟能力能負擔，沒有人會想跟不認識的人住在一起，因此，台灣有非常多的「分租套房」，將一戶的房子隔成 3-5 間，雖然從同一個門進出，卻是各自過生活。而自從 2014 年 SBS 的《沒關係，是愛情啊》（괜찮아,사랑이야）後，打破大家對「共居」的印象，大家透過這部戲發現，原來所謂的共居，並不一定是沒有固定職業的人群聚的短暫居所，也可以是一群很不錯的人相互安慰擁抱，同時擁有高居住品質的居處。而現在的七、八年級生，比起回到家裡擁有一個人的小空間，更願意和大家一起交流，共用衛浴、廚房、客廳甚至是陽台等空間，現在在臉書上有非常多的共居社群，也有很多設計團隊承包老舊的公寓，將之改成美輪美奐的居住空間，想要搬進來住，不僅要寫一份詳細的

自我介紹，還須確保共同承擔家務，同時，承租共居的「雅房」並不比一般套房便宜，某些共居的空間也會以不同的訴求吸引租客，例如現在的租客是廚師、音樂家，假日就會有一些小型聚會活動等。共居的生活型態，對於現今越顯冷漠的都會人來說，或許也是另一種打開生活圈的方法。

4. 輕旅行大盛行，吃喝挑戰旅遊新定義

韓劇為大家帶來最始料未及的現象，就是 2 天 1 夜、甚至是 24 小時的韓國輕旅行大盛行。伴隨 2019 年訪韓人數突破 100 萬大關，越來越多的廉價航空選擇來台拓點，像是釜山航空、酷航、易斯達航空、濟州航空等，台灣虎航更是除了首爾－釜山外，還開了直飛大邱的路線。伴隨著 2018 年 tvN 的《金祕書為何那樣》（김비서가 왜 그럴까）至大邱取景拍攝，更是將輕旅行推展到極致。大家不再追求拼命工作後，一次連休 5-7 天去旅行，而是想去就隨時出發，在週五下班後前往機場，可以搭半夜 3 點多的飛機到韓國，週六或週日的晚上搭 10 點多的飛機回台灣。尤其，之前《浪漫醫師金師傅 2》（낭만닥터 김사부 2）裡吃飯的場景，更喚起了大家對韓國美食的渴望，台灣與韓國不過 2 個多小時的飛行時間，飛過去吃幾頓再飛回來，彷彿就像是「北高一日往返」般輕鬆。短暫的飛行時間加上韓劇的發達，創造了新的旅行形式，賦予旅行新的意義。旅行，或許不一定要能感受風土民情或開發自我，也可以是一場「餵飽」身心的美食之旅。

5. 無酒不歡，瑪格麗與燒酒的進擊

在韓劇中，絕對少不了的就是各類的酒，韓國人愛酒是不爭的事實。開心和朋友聚會時，要來個炸雞配啤酒；心情不好時，要來個燒酒；到餐廳想要來點氣氛時，就點紅酒；不喜歡酒的刺鼻味道的人，也都會喜歡本土的瑪格麗酒。甚至這些酒都還有不同口味，像是栗子、香蕉、水蜜桃、橘子等，令人目不暇給，甚至濟州島還推出了不同酒精濃度的旅行紀念酒。《太陽的後裔》（태양의 후예）中的燒酒、《孤單又燦爛的神－鬼怪》（쓸쓸하고 찬란하神 - 도깨비）中的啤酒，甚至連《經常請吃飯的漂亮姐姐》（밥 잘 사주는 예쁜 누나）裡的孫藝真也要來一杯。總之，就是找不到不出現喝酒畫面的韓劇，在韓劇的酒類進擊下，韓國酒也變成台灣觀眾喜歡的酒，現在在全聯等量販店也都能買到韓國燒酒、瑪格麗酒等，可見韓劇的行銷能力無遠弗屆。

6. 今天，你吟詩了嗎？

在眾多文學體例中，「詩」應該是最小眾的。詩人在台灣很難生存，因為詩集非常難賣。就譯者的立場來說，韓國文學是目前眾多的韓文翻譯書籍中，最缺乏的一塊。文學，本就容易令人望之卻步。然而，令人這麼有距離感的「詩」卻能藉由韓劇的影響，成功晉身暢銷書之列，甚至連遠在台灣的劇迷們也都要來一句，可見其影響力。《孤獨又燦爛的神－鬼怪》（쓸쓸하고 찬란하神 - 도깨비）中，由男主角孔劉吟詠的「愛情物理學（사랑의 물리학）」一詩的詩集《說不定星星會帶走你的悲傷》（어쩌면 별들이 너의 슬

픔을 가져갈지도 몰라），在播出後連續三週拿下韓國教保文庫的暢銷書第一名。而遠在台灣的我們也受到影響，甚至也有人哪怕沒完全理解意思，也已經背下了這首詩，而且每天都要聽上好幾遍。一首好詩，如果遇上了對的行銷方式，便會直上青雲啊！

7. 你我都是金祕書，無處不是金祕書

這幾年最火紅的韓劇女主角，非朴敏英莫屬，隨著2018 年的 tvN 的《金祕書為何那樣》（김비서가 왜그럴까），「金祕書風格」成為韓國與台灣最火紅的風格，不論是她的妝髮與服裝，都成為 OL 學習與模仿的目標。台灣很多服飾網站開闢了「金祕書風」專區，電視台也多方報導，甚至台灣彩妝天王 KEVIN 老師不僅開直播教金祕書妝容，還秀出和金祕書同款的 T 恤，並介紹與製作劇中金祕書喜歡的雪碧西瓜。緊接著，朴敏英在 2019 年推出新作品《她的私生活》（그녀의 사생활），劇中朴敏英扮演的策展人，服飾風格近似於金祕書，卻更顯幹練，為中高階女性主管提供了最佳穿衣範本，連續兩部戲劇，讓韓國 OL 的穿衣風格更受喜愛，因此到台北南京復興或是 101 附近等上班族戰區一看，明顯可以發現 OL 們的服裝越趨近於金祕書風格，令人有種無處不是金祕書的錯覺。

8. 栗子頭大風行，離太遠注意！

不只韓劇女主角的造型令人趨之若鶩，男主角的妝髮亦然。2013 年 SBS《來自星星的你》（별에서 온그대）後，不論台灣或韓國，男生幾乎都蓄起一頭

蓋住眉毛的瀏海，之後《皮諾丘》（피노키오）裡李鍾碩略帶中分的髮型和《孤獨又燦爛的神－鬼怪》（쓸쓸하고 찬란하神 - 도깨비）中孔劉的三七分頭也都引發一陣流行，然而最具衝擊性的，應該是 2020 年 JTBC《梨泰院 CLASS》（이태원 클라쓰）中朴敘俊的栗子頭（밤톨 머리），在 2018 年 tvN 的《金祕書為何那樣》（김비서가 왜 그럴까）中，朴敘俊扮演的社長迷倒一片少女，而時隔兩年在《梨泰院 CLASS》中，那一頭超短的栗子頭依然讓他魅力無法擋，很多人紛紛效仿，台灣許多髮廊推出栗子頭髮型，許多網紅直接剪成栗子頭，瞬間，GOOGLE 的關鍵搜尋從「栗子頭」變成「栗子頭 失敗」，網民更戲稱這頭是「離太遠」而非「梨泰院」，可見「時尚的完成度在臉」，栗子頭真的不能隨便嘗試。

9. 南北韓關注度高，北韓語學習現契機

韓劇始於南韓，因此大部分韓流圈對韓國的認識，也都僅止於南韓，而隨著戲劇與電影中的描繪，越來越多人開始關注北韓。在 2015 年時，講述北韓生活的《我們最幸福：北韓人民的真實生活》一書銷售突破 10 萬冊，而後 2019 年的《為了活下去：脫北女孩朴研美》更在台灣創下銷售佳績，台灣對北韓的關注伴隨韓劇與韓影逐漸攀升，2019 年 tvN 於年末推出《愛的迫降》（사랑의 불시착），講述南韓富二代遇見北韓官二代，兩人共譜的浪漫戀曲，更是將觀眾對北韓的關注與好奇提升到新的高度。這部戲不只在韓國創下 23.2% 的高收視，在台灣也引發了風潮，不只人氣網紅金針菇拍攝了多集和北韓相關的議題，也有一些教授北韓語的影片陸續出現，台灣對北韓的

關注現象持續發燒。

10. 韓式中文大爆發，漢字誤用情況多

隨著韓劇與韓綜變成生活的一部分，就有許多隨處可見的「韓式中文」，例如以韓文「대박」直譯而成的「大發」、「대세」直譯而成的「大勢」、「본방」直譯而成的「本放」、「연하」直譯而成的「年下」等。而年輕族群關注的一些自媒體或是網頁，更常直接以韓文的漢字音來直譯，像是應該使用「播出」卻使用「放送」，「首播」講成「本放」等，也因為這些字都是漢字，不像以前流行過的日語「歐夏蕾」或「卡哇依」只是取諧音，久而久之，就出現很多令人匪夷所思的「韓式中文」了。

11. 姊弟戀迷思，韓國超流行？

2004 年，李昇基的一首＜姊姊是我的女人＞（누나 내여자라니까），喚起大家對姊弟戀的關注。而韓劇中第一對最受矚目的姊弟戀，當屬 2005 年的《我叫金三順》（내 이름은 김삼순），之後許多戲劇都有姊弟，甚至師生戀的設定，尤其是在 2018 年 3 月 JTBC 推出《經常請吃飯的漂亮姐姐》（밥 잘 사주는 예쁜 누나），孫藝真和丁海寅扮演差 4 歲的情侶，同年 11 月 tvN 推出《男朋友》（남자친구），宋慧喬和朴寶劍扮演相差 6 歲的情侶，更是讓姊弟戀成為戀愛新指標。像是 BIG BANG 的太陽（30）與閔孝琳（32），韓流天王 Rain（36）與金泰希（38），甚至是離婚的宋仲基（33）與宋慧喬（36）、安宰

賢（31）與具惠善（34）等，讓很多人覺得姊弟戀是韓國的常態，殊不知姊弟戀更像是韓劇的固定公式，因為姊弟戀必須挑戰傳統價值觀，挑戰周圍親友的看法，才能創造出戲劇的起承轉合，讓觀眾隨之又哭又笑。而現在的韓國，相差 3 歲左右的姊弟戀不成問題，但如果你找了一個比自己大 4 歲以上的女友，要突破的困境就會變多，也因此韓劇在姊弟戀的設計上，都會相差至少 4 歲。但目前除了穿越時空的 400 歲外星人、900 歲的鬼怪與 1300 歲的滿月不談，男女主角年紀很少相差 10 歲以上的，女生大男生 10 歲以上的韓劇更是幾乎沒有。

12. 韓男形象大轉彎，韓國哥哥高帥又顧家？

以前很多人都會問「韓國男生是不是都很大男人主義？韓國男生是不是都會打老婆？」然而，隨著韓劇中完美男主角的現身，許多台灣女性似乎陷入一種「韓國哥哥又高又帥又顧家」的迷思，甚至也有「只要能嫁給韓國人都好」的人。雖然隨著社會進步，韓國現在的男女平權也朝向好的方向發展，但大家在韓劇中看到的還是比較光鮮亮麗的部分。事實上，離開了首爾，甚至在韓國較鄉下的地方，大家難以想像的門戶之見依然存在，在同一批剛進公司的新人中，負責倒咖啡的也幾乎都是女性。以前，大家過度將韓國男性「妖魔化」，現在又因為韓劇而過度將其「神化」，還是要提醒大家，交往朋友時，「什麼樣的人」比「哪一國人」重要得多。

以上舉了 12 個韓劇對台灣造成的有趣現象，當然，隨著韓劇的發展，未來還會持續對它的輸出國產生各種影響，韓劇乘載著「文化輸出」，除了帶來新的文化衝擊與視角外，希望大家也能藉由檢視這些現象來更了解自己，期盼看韓劇的時間，能成為大家生活中的美好。

◀ 受韓劇影響，韓國輕旅行現象盛行。圖由左至右分別為全州壁畫村（兩張圖，壁畫為《孤單又燦爛的神－鬼怪》經典場景）、大邱 31 萬歲運動路（《金祕書為何那樣》拍攝地）

撰文者｜張鈺琦

筆名伊麗莎，文化大學韓國學碩士，主修韓國古典文學、神話。大學時同時攻讀韓文系與中文系文藝創作組 雙學位。目前以口筆譯、作家、教師、講者與 PODCAST 身分活躍，經營「伊麗莎的趣味韓國」、「每天開心學韓語」兩個臉書社群。

대화

CONVERSATION

電視台 방송국
- 背景知識：淺談韓國電視台發展脈絡

導演 감독
- 背景知識：節目製作人好當嗎？

編劇 작가
- 背景知識：如何成為韓劇編劇？

演員 배우
- 背景知識：韓國知名與片酬高的演員有誰？

工作人員 스태프
- 背景知識：拍攝現場過勞事件不斷發生

妝髮與造型 메이크업과 패션 스타일
- 背景知識：PPL 效益無遠弗屆

韓劇原聲帶 드라마 OST
- 背景知識：有哪些知名的 OST 歌曲？

剪輯 편집
- 背景知識：談剪輯工作之偉大

宣傳 홍보
- 背景知識：韓劇公關公司都在做什麼？

政策 정책
- 背景知識：文化產業帶動韓國經濟

＊**本章節韓文撰稿者｜趙叡珍**

韓國人，國立台灣師範大學華語文教學研究所畢業，現任各大學機構韓語講師。著有《韓語 40 音速成班》、《收藏！儲存！非學不可的生活韓語 150 篇》、《1 天 10 分鐘從零基礎變身韓語通》等書，並經營 Facebook 粉絲專頁「跟趙老師一起學習韓國語」。

01 방송국 電視台

會話 🔊 01

A : 평소에 시간 있을 때 뭐 해요?

B : 아, 요즘은 일이 바빠서 시간 있을 때마다 쉬느라 바쁜데, 원래는 한국 드라마 보는 걸 좋아했어요.

A : 그렇군요. 한국 드라마를 어떻게 고르는 편이에요?

B : 그냥 인터넷에서 추천해 주는 걸 보는데, 무슨 좋은 방법이 있어요?

A : 한국 사람들은 드라마가 나오는 방송국을 중요하게 생각해요.

B : 어? 그래요? 몰랐어요. 한국 방송국이 뭐가 있지요?

A : 일단, 예전부터 있었던 방송국으로는 KBS, MBC, SBS가 있고요. 최근에 나온 종합편성채널이라는 방송국으로는 tvN이나 JTBC 같은 게 있어요.

B : 아, 맞아요. 본 적은 있는데, 주의 깊게 보지 않았어요.

A : 일반적으로 예전부터 있던 방송국에서 나오는 드라마는 조금 보수적인 편이에요. 그래서 인기가 있는 분야를 주로 방송했어요. 하지만 새로운 방송국에서는 다양한 주제를 시도하고 모든 연령과 성별이 좋아하는 드라마보다는 특정 시청자층을 공략하는 편이에요.

B : 아, 그렇군요.

A : 你平常有空的時候都在做什麼?

B : 哦,我最近工作忙,所以一有空就趕緊休息,但我本來很愛看韓劇。

A : 原來如此。你偏好怎麼挑韓劇?

B : 我都看網路上推薦的,你有什麼好方法嗎?

A : 韓國人比較重視播出戲劇的電視台。

B : 哦?是哦?我都不知道耶。韓國有哪些電視台?

A : 目前的老牌電視台有 KBS、MBC、SBS,至於在這幾年出現,屬於綜合編成頻道的電視台則有 tvN 或 JTBC 之類的。

B : 哦,對耶。我看過,只是沒有特別注意。

A : 一般來說,老牌電視台播出的戲劇會比較保守一點,所以主要播出的都是受歡迎的領域。不過,新的電視台會嘗試多元題材,比起全年齡層和性別都喜歡的戲,更傾向於攻略特定的收視族群。

B : 哦,原來如此。

單字

• 시청자〔視聽者〕:
  名詞 觀眾

• 공략하다〔攻略 --〕:
  動詞 攻略、攻佔

句型與表達

· V-느라 바쁘다　忙著 V

強調因為正在進行前述的動作,所以十分忙碌的說法。
例:이사하느라 바빠서 친구 만날 시간이 없어요. 忙著搬家,所以沒時間見朋友。

· V-는 편이다　偏 V、比較 V

表現出動作具有特定傾向。
例:저는 드라마를 볼 때 배우보다는 스토리를. 중요하게 생각하는 편이에요. 我看電視劇的時候,比較重視劇情甚於演員。

· 주의깊게 보다　特別注意

非常小心且仔細檢視某種東西的說法。
例:전자제품을 사고 나서는 항상 설명서를 주의깊게 봐야 해요. 購買電子產品以後,都要特別注意說明書。

背景知識 ◁》 02

한국에 텔레비전 방송국이 생긴 것은 1961 년이었는데 , 12 월에 주식회사 '한국문화방송 (MBC)' 과 국영 방송사인 '서울텔레비전방송국 (KBS)' 이 개국했다 . 그리고 이 두 방송국은 1980 년부터 공영 방송국으로 전환되었으며 이 두 방송국을 제외한 방송국은 KBS 가 흡수하여 방송국을 개인이 소유하는 것이 금지되었다 . 하지만 1990 년 다시 민영 방송국인 SBS 가 나타나서 3 대 방송국이 한국의 텔레비전을 주도하게 되었다 . 이렇게 세 방송국에서만 방송을 점유하다 보니 시청률도 엄청났다 . 1996 년의 KBS 드라마 < 첫사랑 > 은 그 당시 최고 시청률인 65.8% 에 도달하기도 하였다 . 현재 시청률이 10% 만 되어도 시청률 대박이라고 말하는 것과는 상당한 차이가 있다 . 그리고 배우가 자유롭게 이 방송국 저 방송국으로 이동하면서 찍을 수 있는 것도 아니었으며 방송국에 소속이 되어 있었기 때문에 특정 배우 얼굴만 봐도 어느 방송국 드라마인지 알 수 있을 정도였다 . 하지만 2000 년대 이후에는 이 부분에 있어서 많은 부분 자유로워졌으며 유명 배우와 유명 작가의 드라마가 흥행의 중요한 변수가 되기 시작하였다 . 2010 년부터는 SBS 가 드라마 최강자로 등극하였는데 그 주인공으로는 < 너의 목소리가 들려 >, < 주군의 태양 >, < 상속자들 >, < 별에서 온 그대 > 등이 있었다 .

최근에는 위 세개의 방송국보다는 종편 (종합편성채널) 의 드라마가 강세인 편이다 . tvN 은 < 미생 > 과 < 응답하라 1988>, < 김비서가 왜 그럴까 > 로 , JTBC 는 < 밥 잘 사주는 예쁜 누나 >, <SKY 캐슬 >, < 부부의 세계 > 로 그 힘을 증명하였다 . 그리고 코로나 19 시대에서 넷플릭스라는 플랫폼을 빌려 < 사랑의 불시착 >, < 사이코지만 괜찮아 > 와 같은 드라마도 흥행에 성공하였다 . 종편은 KBS, MBC, SBS 와는 달리 심의에서 상대적으로 자유로운 편이어서 개성 있고 특색 있는 제작이 가능하다는 점이 장점이다 .

韓國是在 1961 年出現電視台的，株式會社「韓國文化放送（MBC）」與國營電視台「首爾電視放送局（KBS）」於當年 12 月開台。自 1980 年起，這兩間電視台被轉為公營電視台，其餘電視台被 KBS 吸收，不得再以個人身分經營電視台。不過在 1990 年，再次有民營電視台 SBS 出現，讓 3 大電視台開始主導韓國的電視。因為僅有三間電視台占據節目，收視率也高得不得了。1996 年的 KBS 戲劇《初戀》最高收視率達 65.8%，跟收視率達到 10% 就算是厲害的現在相差頗大。而且，以前的演員不能自由地到各個電視台拍戲，因演員隸屬於電視台，所以當時只要看到特定演員出現，就能知道那是哪間電視台的戲了。但在 2000 年代後，這方面變得自由許多，知名演員和知名編劇的戲開始成為戲劇是否叫座的重要變數。SBS 從 2010 年開始登上戲劇王者的寶座，其中的重點作品包含《聽見你的聲音》、《主君的太陽》、《繼承者們》、《來自星星的你》等等。

近年來，相較於上述三間電視台，綜頻（綜合編成頻道）的戲劇更是來勢洶洶。tvN 憑著《未生》、《請回答 1988》、《金祕書為何那樣》；而 JTBC 憑著《經常請吃飯的漂亮姐姐》、《天空城堡》、《夫妻的世界》證明了那股力量。而且在 COVID-19 時代下，《愛的迫降》、《雖然是精神病但沒關係》等戲劇也借助 Netflix 這個平台，成功大受歡迎。有別於 KBS、MBC、SBS，綜頻具有審查相對自由，作品可具個性和特色的優勢。

單字

- 개국하다〔開局 --〕: 動詞 建立、開播（郵局、廣播）
- 흡수하다〔吸收 --〕: 動詞 吸取、吸收
- 점유하다〔占有 --〕: 動詞 占有、占據
- 도달하다〔到達 --〕: 動詞 達到、到
- ~ 에 소속되다 : 隸屬於～、屬於～
- 흥행〔興行〕: 名詞 賣座程度、票房

- 변수〔變數〕: 名詞 變數
- 등극하다〔登極 --〕: 動詞 登上、即位
- 넷플릭스 : Netflix
- 플랫폼〔platform〕: 名詞 平台
- 심의〔審議〕: 名詞 審議、審查
- 개성〔個性〕: 名詞 個性

02 감독
導演

會話 🔊 03

A : 혹시 아는 한국 드라마 감독이 있어요?

B : 아니요. 영화 감독은 좀 알고 있어요. < 기생충 > 의 봉준호 감독이 유명하지요?

A : 네, 맞아요. 한국 영화 감독 중에 세계적으로 유명한 사람이 몇 명 있어요. 봉준호, 박찬욱, 임권택, 김기덕 등이요.

B : 봉준호 말고는 잘 몰라요. 하하하! 그런데 드라마 감독은 유명한 사람을 못 들어본 것 같아요.

A : 한국에서 드라마를 제작할 때 총감독하는 사람을 PD(피디) 라고 말해요. 감독과 프로듀서를 다 포함하는 개념이라고 할 수 있어요.

B : 아, 예전에 < 프로듀사 > 라는 드라마도 있었어요.

A : 그 드라마 배경은 예능국이었는데, 예능하고 드라마에서 다 프로듀서라고 불러요.

B : 아, 그렇군요.

A : 한국에서 유명한 예능 피디는 나피디가 있어요. 들어 봤어요?

B : 아, 들어 봤어요. 유명하고 재미있는 프로그램을 많이 만들었잖아요. 그런데 드라마 피디는 잘 모르겠어요.

A : 이전에 유명한 분이 있었던 거 같은데, 요즘에는 저도 잘 모르겠네요.

A : 你有認識的韓劇導演嗎？

B : 沒有耶，但我認識幾位電影導演。《寄生上流》的奉俊昊導演很有名吧？

A : 嗯，對啊，有幾位韓國電影導演是舉世聞名的，像是奉俊昊、朴贊郁、林權澤、金基德等人。

B : 除了奉俊昊以外，我都不認識，哈哈哈！是說，我好像沒聽說過哪個戲劇導演比較有名耶。

A : 韓國在製作戲劇時，會用 PD 來稱呼總監，可以算是涵蓋了導演和製作人的概念。

B : 啊，以前還有一部戲叫《製作人的那些事》。

A : 那部戲的背景是綜藝部，在綜藝圈跟戲劇圈都叫作製作人。

B : 哦，原來如此。

A : 韓國有一位有名的綜藝 PD 叫作羅 PD，你聽過嗎？

B : 哦，我聽過。他製作過許多知名又有趣的節目不是嗎，但戲劇的 PD 我就不太清楚了。

A : 以前有一位滿有名的，但最近的我也不太清楚了。

單字

• 프로듀서〔producer〕：
  名詞 製作人

句型與表達

· N 말고는 모른다　除了 N 以外都不認識
用在強調「撇除前方出現的人或物之外，完全不認識」的事實時。

例：우리집 고양이는 절 너무 좋아해요. 저 말고는 아무도 몰라요. 我家的貓非常喜歡我，牠除了我以外，誰都不認識。

· A/V 잖아요　A/V 不是嗎
「- 지 않아요」的縮寫，用在表示「當然如此」的時候。

例：제 말이 맞잖아요. 왜 계속 반대를 하시는 거예요? 我沒說錯啊，為什麼要一直反對呢？

背景知識 ◁)) 04

2000 년대 이전에는 방송국에서 드라마를 직접 만들었기 때문에 , 그와 관련된 직업을 모두 다 방송국에서 직접 고용했다 . 그렇기 때문에 프로듀서를 뽑는 경쟁률이 정말 높았다고 한다 . 예전에 KBS, MBC 의 경쟁률은 몇백 대 1 을 넘었으며 , 요즘에 비교적 인기가 좋은 JTBC 나 tvN 과 같은 경우는 천 대 1 의 경쟁률을 뚫어야 들어갈 수 있다 . 그리고 방송국에서 월급을 받는 정직원이기 때문에 영화 감독보다 안정성이나 발전성이 높았다 . 게다가 승진이 가능하여 후에 방송국 사장까지 올라갈 수 있다 .

프로듀서는 일반적으로 드라마 , 연예오락 , 라디오의 제작을 전반적으로 책임을 지는 직업이다 . 출연자 섭외에서부터 촬영 , 편집 모든 부분을 관리한다 . 회사에 들어갈 때도 힘들지만 들어가고 나서도 쉽지 않은 직업이다 . 특히 입사 후 2, 3 년은 거의 개인 시간이 없다고 할 수 있을 정도로 방송국에서 먹고 자고 할 정도로 일을 한다 . 그리고 자신이 제작한 프로그램이 시청률과 댓글로 평가되기 때문에 압박을 많이 받는다 . 게다가 제작한 프로그램이 방송법에 걸리면 책임을 져야 한다 . 하지만 상대적으로 출연자에게는 힘이 있는 자리이기 때문에 뇌물을 받거나 하는 안 좋은 일도 발생한 적이 있다 .

2000 년대에 들어서 KBS, MBC, SBS 이외에도 JTBC, tvN, OCN 등 여러가지 채널이 생기면서 방송국에서도 직접 드라마를 제작하기보다는 제작사를 통해서 제작하기 시작했다 . 유명한 제작사로는 < 킹덤 >, < 시그널 > 을 만든 '에이스토리' 가 있고 , 또 < 사이코지만 괜찮아 >, < 호텔 델루나 >, < 사랑의 불시착 > 을 제작한 '스튜디오 드래곤' 이 유명하다 .

在 2000 年代以前，電視台會親自製作戲劇，所以相關工作人員都是由電視台直接雇用。因此，聽說當年選拔製作人的競爭程度真的很高，以前的 KBS、MBC 錄取率超過幾百分之一，近年相對熱門的 JTBC 或 tvN，則要突破千人取一的競爭才能錄取。而且製作人是在電視台領月薪的正職員工，穩定性和發展性都高於電影導演，再加上還能升遷，日後有機會升成電視台老闆。

製作人的工作通常要全方位負責戲劇、演藝娛樂、廣播的製作。從接洽演出人員，到攝影、剪輯的每個部分都歸製作人管。這份工作在進入公司時困難，進入公司後也不輕鬆。尤其是剛到職的 2、3 年，會工作到幾乎沒有個人時間，吃飯和睡覺都在電視台解決。此外，由於節目好壞是以收視率和留言評斷，讓製作人受到許多壓迫，而且要是節目違反了廣播電視法，製作人還必須負起責任。不過因為製作人的職位，對演出人員的權力相對較大，過去也曾發生過製作人收賄之類的不光彩事跡。

到了 2000 年代，除了 KBS、MBC、SBS 以外，還出現了 JTBC、tvN、OCN 等各式各樣的頻道，而電視台也開始透過製作公司來製作戲劇，而非親自操刀。知名製作公司又以拍出《屍戰朝鮮》、《信號》的「ASTORY」，以及拍出《雖然是精神病但沒關係》、《德魯納酒店》、《愛的迫降》的「Studio Dragon」較為出名。

單字

- **대** : 依存名詞 對、比
- **뚫다** : 動詞 穿透、突破
- **연예오락** 〔演藝娛樂〕: 名詞 演藝娛樂
- **전반적** 〔全般的〕: 名詞 冠形詞 全面的、通盤的
- **섭외** 〔涉外〕: 名詞 聯繫、接洽、邀請
- **압박** 〔壓迫〕: 名詞 壓迫、壓制
- **책임을 지다** : 負責、承擔責任
- **상대적** 〔相對的〕: 名詞 冠形詞 相對的
- **뇌물** 〔賂物〕: 名詞 賄賂品
- **채널** 〔channel〕: 名詞 頻道

03 작가
編劇

會話 🔊 05

A : 드라마를 보기 전에 작가가 누구인지 확인하는 편이에요?

B : 아니요. 저는 남자 배우가 누구인지가 제일 중요한데요. 하하하!

A : 저도요. 그렇지만 가끔 유명한 작가가 쓴 드라마가 있으면 관심이 가기도 해요.

B : 그렇군요. 한국에서는 유명한 드라마 작가가 많나요?

A : 드라마 작가는 많지만 정말 유명한 작가는 많은 편은 아닌 것 같아요.

B : 제 생각에 작가는 정말 쉽지 않은 직업인 것 같아요.

A : 맞아요. 책을 쓰는 것도 어려울 텐데, 드라마 작가는 글로 쓸 때부터 어떻게 화면으로 표현되는지를 먼저 머릿속으로 그려 봐야 하니까요.

B : 드라마 내용도 많은데 혼자서 쓰는 것은 아니겠지요?

A : 네, 들어보니까 한 작가를 중심으로 해서 보조 작가가 있다고 들었어요. 드라마를 쓸 때 자료 조사도 해야 하고 작품의 스토리, 배경, 배우 등등 고려해야 할 게 많다고 들었어요.

B : 아, 정말 그럴 것 같아요. 드라마 한 편에 정말 많은 사람들의 노력이 들어가네요.

A : 你在追劇以前，會去看編劇是誰嗎？

B : 不會，我最重視的是男演員是誰，哈哈哈！

A : 我也是，可是偶爾有知名編劇寫的戲時，我也會感興趣。

B : 是喔，韓國有很多知名編劇嗎？

A : 編劇是不少，可是真正有名的編劇好像不多。

B : 我覺得編劇真的不是一份輕鬆的工作。

A : 對啊，寫書就很困難了，可是編劇在寫作時，還要先在腦海勾勒出畫面該如何呈現。

B : 戲劇的內容那麼多，應該不是一個人獨力寫完的吧？

A : 不是，我聽說是以一位編劇為中心，再搭配其他編劇助理。因為編劇時必須查找資料，還要考量到作品的故事、背景、演員等眾多因素。

B : 哦，好像真的是那樣耶，一部戲真的需要好多人付出努力喔。

單字

- **관심이 가다**：
  關心、感興趣
- **그리다**：
  動詞 描繪、畫出

句型與表達

· 제 생각에　我覺得
用在句首，後方表示自己的想法或意見。

例：제 생각에 외국어 공부에서 가장 중요한 것은 바로 흥미라고 생각합니다. 我覺得學習外語最重要的就是興趣。

· 노력이 들어가다　付出努力
對某方面做了許多努力時，可以用「付出」來形容。

例：한 권의 책이 만들어지기까지 수많은 사람들의 노력과 수고가 들어간다. 一本書製作完成前，需要許多人付出努力和辛勞。

背景知識 🔊 06

　　드라마 작가는 어떻게 되는 것일까? 가장 보편적인 방법으로는 '드라마 공모전'에 참가하는 것이다. 일반적으로 방송국에서 이러한 공모전을 연다. 그리고 2020년에는 웹드라마의 유행으로 인하여 KAKAO 같은 인터넷 업체에서도 드라마 공모전을 개최하기도 하였다. 이렇게 공모전을 통하여 데뷔를 한 작가로는 JTBC의 <SKY 캐슬>로 엄청난 화제를 모은 유현미 작가가 있다. 유작가는 2001년에 KBS 극본 공모에서 최우수상으로 데뷔하였다. 유명한 작품으로는 <신의 저울>, <각시탈>, <SKY 캐슬>이 있다. 그리고 MBC 시나리오 공모전을 통하여 데뷔한 작가로는 백미경 작가가 있는데, 백작가의 대표작으로는 <힘쎈 여자 도봉순>이 있다. 이런 코스도 있지만, 예능이나 다큐멘터리에서 방송작가로 일하다가 드라마 작가로 데뷔하는 경우도 있다. 그 예로는 <별에서 온 그대>를 쓴 박지은 작가가 있다. 그리고 유명 작가의 보조 작가를 하다가 데뷔하는 경우도 있는데, <도깨비>, <태양의 후예>, 그리고 <상속자들>로 유명한 김은숙 작가의 보조 작가를 하다가 자신의 작품을 쓴 권도은 작가가 바로 이런 케이스이다. 권도은 작가의 작품으로는 <검색어를 입력하세요 WWW>가 있다.

　　드라마 작가는 직업으로서의 만족도는 높지만, 작가별로 소득 격차가 크기도 하다. 그리고 작가들은 모두 프리랜서로 계약하기 때문에 고용이 안정적이지가 않다. 또한, 한국의 드라마 제작 환경이 좋지 않아 업무 스트레스가 높다. 최근에는 많이 좋아졌다고는 하지만 예전에는 대본이 완성되기도 전에 찍는 일이 빈번했기 때문에 시청자에 따라 내용이 바뀌는 경우도 있었다.

　　要如何成為電視劇的編劇呢？最普遍的方法是參加「電視劇劇本徵件活動」。一般來說，電視台會舉辦這種徵件活動。而 2020 年，因為網路電視劇流行，所以像 KAKAO 這類網路業者也開始舉辦電視劇劇本徵件活動了。憑著 JTBC 的《天空城堡》創造出熱門話題的柳賢美編劇，即是其中一位透過徵件活動出道的編劇。柳編劇在 2001 年的 KBS 劇本徵件活動中，以冠軍之姿出道，作品包括《神的天秤》、《新娘面具》、《天空城堡》。而白美瓊編劇則是透過 MBC 劇本徵件活動出道的，代表作是《大力女都奉順》。成為編劇有這些途徑，不過也有原先在綜藝節目或紀錄片撰寫腳本，後來才出道成為電視劇編劇的，例如寫出《來自星星的你》的朴智恩編劇即是如此。還有從知名編劇的編劇助理開始做起，之後才出道的。本來待在以《鬼怪》、《太陽的後裔》以及《繼承者們》聞名的金銀淑編劇底下擔任編劇助理，後來才寫出自己作品的權度恩編劇，便是這種例子。《請輸入檢索詞 WWW》就是權度恩編劇的作品。

　　電視劇編劇的職業滿意度高，但不同編劇的所得落差也頗大。而且編劇們都是以自由工作者的身分簽約合作，並不是穩定受僱。此外，韓國的戲劇製作環境不佳，工作壓力也大。聽說近年已經改善不少了，但以前經常在劇本完成前就開拍，還要因應觀眾反應而修改劇情。

單字

- **공모전**〔公募展〕：名詞 徵件比賽
- **개최하다**〔開催 --〕：動詞 舉辦、舉行
- **데뷔**：名詞 出道
- **시나리오**〔scenario〕：名詞 劇本、文本
- **다큐멘터리**〔documentary〕：名詞 紀錄片
- **케이스**〔case〕：名詞 案例、情況
- **격차**〔隔差〕：名詞 差距、差別
- **프리랜서**〔free-lancer〕：名詞 自由工作者
- **고용**〔雇用〕：名詞 雇用、聘用
- **안정적**〔安定的〕：名詞 冠形詞 安定的、穩定的
- **대본**〔臺本〕：名詞 劇本、腳本
- **빈번하다**〔頻繁 --〕：形容詞 頻繁

04 배우
演員

會話 🔊 07

A : 혹시 좋아하는 한국의 배우가 있어요 ?

B : 네 , 저는 < 쌈 , 마이웨이 > 랑 < 이태원 클라쓰 > 에 나왔던 박서준을 좋아해요 . 연기도 잘하고 얼굴도 잘생겼어요 .

A : 아 ~ 박서준을 좋아하는군요 . 저도 박서준이 나오는 드라마를 재미있게 봤어요 . 특히 < 쌈 , 마이웨이 > 의 역할이 너무 좋았어요 . 같이 연기한 김지원 씨의 애교 연기가 아직도 생각나네요 .

B : 하하하 ! 맞아요 . 정말 재미있었어요 .

A : 한국 드라마 배우 중에서 처음으로 외국에도 유명해진 사람이 누구인지 알아요 ?

B : 음… < 대장금 > 의 주인공인 이영애요 ?

A : 이영애 씨도 유명하지만 , 그보다 전에 < 겨울연가 > 의 배용준 씨가 일본에서 정말 인기가 많았어요 .

B : 생각났어요 . < 겨울연가 > 는 거의 20 년 전 드라마네요 . 우와 !

A : 사실 저는 그때 < 겨울연가 > 를 안 봤어요 . 역사 드라마인 < 여인천하 > 를 봤네요 .

B : 한국 사람은 다 < 겨울연가 > 를 본 거 아니었어요 ?

A : 아이고 ~ 어떻게 그렇게 많은 드라마를 다 보겠어요 .

B : 저는 다 보고 싶은데 시간이 없네요 .

A : 你有喜歡的韓國演員嗎 ?

B : 有啊 , 我喜歡演《三流之路》跟《梨泰院 Class》的朴敘俊 。他演技好 , 又長得很帥 。

A : 哦～你喜歡朴敘俊啊 。我也覺得朴敘俊演的戲很好看 , 特別是他在《三流之路》的角色非常好 。我到現在還記得 , 跟他搭檔的金智媛小姐演出撒嬌的樣子呢 。

B : 哈哈哈 ! 對啊 , 真的很有趣 。

A : 你知道在韓劇演員當中 , 是誰最先紅到國外的嗎 ?

B : 嗯……是《大長今》的主角李英愛嗎 ?

A : 李英愛小姐也很有名 , 可是比她更早的是《冬季戀歌》的裴勇俊 , 他在日本真的很紅 。

B : 我想起來了 ,《冬季戀歌》是將近 20 年前的劇了耶 , 哇塞 !

A : 其實我當年沒看《冬季戀歌》, 而是看了古裝劇《女人天下》。

B : 不是所有韓國人都看過《冬季戀歌》嗎 ?

A : 哎喲～有那麼多部戲 , 哪看得完啊 。

B : 我全部都想看 , 可是沒有時間 。

單字

- 애교〔愛嬌〕:
  名詞 撒嬌

句型與表達

· **재미있게 봤어요　覺得很好看**

觀看書、電影或展覽等媒體後 , 感覺很好看時就可以用 。也可以使用另一種說法「흥미롭게 봤어요 (覺得很精采)」。

例 : 저는 타임슬립 드라마를 좋아하지는 않지만 < 철인왕후 > 는 재미있게 봤어요 . 我不喜歡穿越劇 , 可是我覺得《哲仁王后》很好看 。

· **그보다　比……更**

用在「後面要講的內容 , 程度比前述內容更強烈」的時候 。

例 : 김치를 만들 때는 고춧가루를 잘 써야 한다 . 하지만 그보다 더 중요한 것은 맛있는 배추를 고르는 것이다 . 製作泡菜時 , 必須用對泡菜粉 , 但更重要的是 , 挑選美味的白菜 。

背景知識 08

지금 인스타그램에서 팔로워가 가장 많은 한국 배우는 누구일까 ? 2020 년 10 월의 한 조사에 따르면 이민호 씨가 2032 만으로 1 등 , 2 등은 이종석 (1665 만 명) , 3 등은 박서준 (1579 만 명) 이다 . 배우는 가수보다 인스타그램 팔로워 수가 적은 편이지만 2000 만 명을 넘는 배우도 있는 것을 보면 한국 드라마의 팬들이 얼마나 많은지를 쉽게 알 수 있다 . 한국의 드라마가 외국에서 유행하기 전에는 배우들이 드라마보다는 영화에 나오는 것을 더 선호하였으나 지금은 그렇지 않은 상황이다 . 최근 가장 출연료가 비싸고 유명한 배우들은 누가 있을까 ? 남자 배우로는 송중기 , 박서준 , 이민호 , 현빈 , 이병헌 , 소지섭 , 김수현 등이 있고 , 여자 배우로는 전지현 , 하지원 , 송혜교 , 이영애 , 최지우 , 김희애 , 박신혜 등이 있다 . 이런 배우들은 드라마 한 회당 거의 1 억 원 정도의 출연료를 받는다고 전해진다 . 구체적으로 소식이 나왔던 배우는 < 미스터 선샤인 > 에서 주연을 맡은 이병헌이다 . 그때 출연료가 일회당 1 억 5 천만 원 , 24 부작 기준 36 억이라고 하였다 .

2000 년대 이전에는 방송국에서 배우들을 직원으로 뽑았기 때문에 많은 비용을 지불하지 않아도 괜찮았다 . 그리고 그 때에는 KBS 소속의 배우는 MBC 의 방송에 출연할 수가 없었다 . 하지만 SBS 가 나오면서 유명한 배우에게 많은 출연료를 주면서 시청률을 빼앗기 시작하였다 . 전도연이나 김혜수 같은 유명한 배우들이 이때부터 드라마에 출연하기 시작하였다 . 또한

이런 배우들이 주로 나오는 드라마의 시간대는 평일 저녁 10 시부터 11 시가 많다 . 그 외 아침이나 주말 8 시의 드라마에는 톱스타보다는 배역에 맞는 배우를 캐스팅하는 경우가 일반적이다 .

目前在 Instagram 擁有最多追蹤者的韓國演員是誰呢？根據 2020 年 10 月的某項調查，李敏鎬以 2032 萬名追蹤人數拿下第 1 名，第 2 名是李鍾碩（1665 萬人），第 3 名則是朴敘俊（1579 萬人）。演員的 Instagram 追蹤人數通常會少於歌手，可是也有演員的追蹤人數超過 2000 萬，從這點看來，就能輕易發現韓劇粉絲有多麼多了。韓劇在國外流行以前，演員們偏好出演電影甚於戲劇，但現在已經不是如此了。近來片酬最高、最有名的演員有哪些呢？男演員有宋仲基、朴敘俊、李敏鎬、炫彬、李炳憲、蘇志燮、金秀賢等等；女演員則有全智賢、河智苑、宋慧喬、李英愛、崔志宇、金喜愛、朴信惠等等。聽說這些演員演出一集戲劇，就會拿到價值約 1 億韓元的片酬。有具體傳出片酬金額的演員，是在《陽光先生》中飾演主角的李炳憲。據傳他當時一集的片酬為 1 億 5 千萬韓元，以全劇 24 集來換算，一共是 36 億韓元。

在 2000 年代以前，由於電視台是錄用演員為員工，所以不支付許多費用也無妨，而且當時隸屬於 KBS 的演員，也不能參與 MBC 的節目。不過，在 SBS 出現後，便開始給予知名演員豐厚的片酬，搶走了收視率。全道嬅或金憓秀等知名演員，就是此時開始出演電視劇的。另外，這些演員演出的戲劇播出時段，主要落在平日晚上 10 點到 11 點。此外，早上或週末 8 點播出的戲，通常會選擇適合角色的演員，而非頂級明星。

單字

- 인스타그램 : Instagram
- 팔로워〔follower〕: 名詞 追蹤者
- 선호하다〔選好 --〕: 動詞 偏好
- - 당〔當〕: 接尾詞 每一～ , 同「마다」意思
- 주연〔主演〕을 맡다 : 擔任主角
- 지불하다〔支拂 --〕: 動詞 支付

- 빼앗다 : 動詞 搶奪、奪取
- 시간대〔時間帶〕: 名詞 時段
- 톱스타〔top star〕: 名詞 頂級明星
- 배역〔配役〕: 名詞 角色
- 캐스팅하다〔casting--〕: 動詞 挑選角色、分配角色
- 일반적〔一般的〕: 名詞 冠形詞 普遍的

05 스태프 工作人員

會話 🔊 09

A：우리가 지금 보고 있는 이 드라마 한 편을 만들려면 현장에 얼마나 많은 사람들이 필요한지 알아요？

B：글쎄요. 감독, 배우, 카메라, 조명, 마이크 등등 해서 드라마 규모에 따라 다르겠지만 보통 30 명은 필요하지 않을까요？

A：그게 제가 뉴스에서 보니까 규모가 작으면 그렇다고 하더라고요. 웹드라마 같은 거 있잖아요. 하지만 드라마에 따라서 규모가 크면 몇백 명도 필요하다고 하더라고요.

B：그도 그럴 것이 한국 드라마도 예전에는 거의 가족 이야기가 많았는데, 요즘에는 배경이나 시대도 다양해지고 있어서 찍을 때 제작비가 많이 들 것 같아요.

A：맞아요. 예전에는 미국 드라마를 보면서 제작비가 많이 들었겠다고 생각했는데, 요즘에는 한국에서도 그런 드라마들이 많이 나오고 있어요.

B：아, 지난번에 뉴스에서 봤는데, <킹덤> 제작에 돈을 많이 들인 것 같던데요. 한화로 200 억 원이라고 들었어요.

A：그래도 <킹덤> 은 화제가 되었으니까 다행인데, 작년에 나온 송중기, 장동건 주연의 <아스달 연대기> 는 제작비로 약 500 억 원을 썼다고 했는데 시청률이 잘 나온 편은 아니었어요.

A：你知道如果要拍出我們看的這部戲，現場需要多少人嗎？

B：這個嘛，導演、演員、攝影、燈光、收音等等部分加總起來，會依戲劇規模而有所不同，不過通常應該需要 30 個人吧？

A：我在新聞上看過，規模比較小的劇就是那樣，比如說網路電視劇之類的。但據說如果戲劇規模較大，就需要幾百個人了。

B：也是啦，韓劇以前拍的幾乎都是家庭故事，可是最近的韓劇背景跟時代都變多元了，拍攝時應該要投入龐大的製作費。

A：對啊，以前看美劇，都覺得他們一定投入許多製作費用，結果韓國最近也有很多那種劇了。

B：啊，我上次在新聞有看到，印象中，《屍戰朝鮮》好像就是投入鉅額製作的，聽說共花了 200 億韓元呢。

A：幸好《屍戰朝鮮》有引發話題，聽說去年宋仲基、張東健主演的《阿斯達年代記》花了約 500 億韓元的製作費用，收視率卻不見起色。

單字

- 웹드라마〔web drama〕：名詞 網路電視劇
- 한화〔韓貨〕：名詞 韓幣、韓元

句型與表達

· 그도 그럴 것이 也是啦

用在「先說出某項事實，再接著表示那麼做有不得已的原因」時。

例：그는 화가 났다. 그도 그럴 것이 친구가 한 시간이 늦게 왔을 뿐만 아니라 한 마디 사과도 없었기 때문이다. 他生氣了。也是啦，畢竟朋友不只遲到一小時，還連一句道歉都沒有說。

· V-(으)ㄴ 것 같던데 印象中好像是 V

表示推測的「V-(으)ㄴ 것 같다」和回想過去事實的「V- 던데」合併的說法。

例：김치 다 먹은 것 같던데, 마트에 온 김에 배추김치랑 깍두기 좀 사 가자. 印象中，泡菜好像都吃完了，既然來到超市，就順便買點醃白菜和醃蘿蔔回去吧。

背景知識 🔊 10

화려하고 멋진 드라마를 만들 때 그 뒤에는 감독과 배우 외에도 수많은 스태프들이 드라마를 위해서 일을 하고 있다. 스태프도 그 역할에 따라 조명, 카메라, 음향 스태프들은 각자의 장비를 가지고 분주하게 움직이며, 분장과 의상 스태프들은 배우들 곁에서 드라마 역할에 따라서 어울리는 메이크업과 의상을 제공한다. 이렇듯 드라마를 위해서 열심히 뛰지만, 그 방송 노동의 현실이 아름답지만은 아닌 것이 현실이다. 2017년 배우이자 가수인 이승기 씨가 군대 전역 이후 출연한 tvN 의 드라마 < 화유기 > 에서는 충격적인 사건이 발생했다. 새벽 시간에 샹들리에를 설치하던 스태프 1 명이 사다리에서 떨어져 중상을 입는 사건이 벌어진 것이다. 2018 년 < 서른이지만 열일곱입니다 > 드라마에서는 더 안 좋은 일이 발생했다. 제작진들이 제대로 쉬지도 못하고 무려 76 시간이나 연속으로 드라마 작품을 찍었다. 이 촬영을 마친 후 스태프 한 명이 뇌출혈로 사망하였다.

두 사건 모두 드라마를 촬영하던 스태프들이 얼마나 열악한 근무 환경 속에서 일을 하는지 여지없이 드러나게 하는 일이었다. 드라마 방송사에서는 최근까지도 제작 환경을 개선하고자 노력하지 않고 무리하게 일을 진행시켰다. 많은 사람들의 요구로 2019 년 7 월 1 일에서야 드라마 제작에 참여하시는 노동자들도 근로시간을 일 8 시간, 주 52 시간을 넘겨서 일하지 말라는 법이 시행되었지만 드라마를 제작하는 회사에서는 인건비는 20~30%, 촬영 기간은 2 배가 늘어 제작비가 늘어서 힘들다고 한다. 하지만 이렇게 함께 일하는 사람들이 좋은 근무 환경에서 일하면 나중에 더 재미있고 완성도 있는 드라마를 만들 수 있지 않을까?

製作華麗又迷人的戲劇時，幕後除了導演和演員外，還有眾多工作人員在為戲工作。工作人員也依職責分類，燈光、攝影、音效組的工作人員要帶著各自的設備奔走，而化妝、服裝組的工作人員則要跟在演員身邊，根據劇中角色，提供合適的妝容和服飾。雖然他們如此認真地為戲劇奔波，現實卻是電視圈的勞動條件並不美好。2017年，演員暨歌手李昇基在退伍後演出的 tvN 電視劇《花遊記》，發生了令人震驚的事件，凌晨時，正在安裝吊燈的 1 名工作人員從梯子摔落，身受重傷。2018 年，在《雖然30 但仍 17》發生了更糟糕的事。製作團隊未獲得妥善休息，連續拍攝了高達 76 個小時的電視劇。一名工作人員在拍攝結束後，因腦出血而身亡。

這兩起事件都徹底顯現出，拍攝電視劇的工作人員是在多麼惡劣的職場環境工作。電視台直到前幾年都沒有努力改善戲劇的製作環境，還硬是讓工作繼續。在許多人的要求下，才終於在 2019 年 7 月 1 日施行法律，規定參與戲劇製作的勞工，每日工作時間不得超過 8 小時，每週工作時間不得超過 52 小時，然而，製作戲劇的公司卻喊苦說，人事費用提高 20~30%、拍攝期間拉長 2 倍，將會讓製作費用提高。不過，如果一群共事的人在良好的職場環境工作，以後應該能拍出更好看、完成度更高的戲劇吧？

單字

- 조명〔照明〕：名詞 照明、燈光
- 음향〔音響〕：名詞 音響、聲音
- 장비〔裝備〕：名詞 設備、裝備
- 분주하다〔奔走 --〕：形容詞 動詞 奔走、忙碌奔波
- 전역〔轉役〕：名詞 退伍、退役
- 충격적〔衝擊的〕：名詞 冠形詞 衝擊的、震驚的
- 샹들리에〔chandelier〕：名詞 吊燈

- 사다리：名詞 梯子
- 무려〔無慮〕：副詞 足夠、足有
- 뇌출혈〔腦出血〕：名詞 腦出血
- 열악하다〔劣惡 --〕：形容詞 惡劣
- 여지없이〔餘地 --〕：副詞 完全、毫無餘地、徹底
- 요구〔要求〕：名詞 要求、請求
- 인건비〔人件費〕：名詞 人事費用、人工成本

06 메이크업과 패션 스타일 妝髮與造型

A : 와 ! 머리 새로 했어요 ?

B : 네 , 어제 오래간만에 미용실에 갔어요 .

A : 스타일이 예뻐요 . 요즘 유행하는 스타일이에요 ?

B : 몰라요 ? 이거 고준희 단발이잖아요 .

A : 아 , 배우 고준희요 ? 그리고 보니 맞네요 .

B : 맞아요 . 저도 머리가 무거워 보여서 한번 잘라 봤어요 .

A : 잘 잘랐네요 . 얼굴도 작아 보이고 세련됐어요 . 저도 그 헤어 디자이너 좀 소개해 주세요 .

B : 알았어요 . 제가 이따가 라인으로 보내줄게요 .

A : 잘됐네요 . 아직 저한테 맞는 헤어 디자이너 선생님을 찾지를 못했거든요 .

B : 한국 사람들은 드라마에서 나온 헤어스타일이나 화장 , 그리고 패션 아이템을 많이 따라 사는 편인가요 ?

A : 사람에 따라 다르겠지만 , 특히 여자 배우가 하고 나온 옷이나 가방을 많이 사요 . < 사랑의 불시착 > 에서 서지혜가 하고 나온 머리핀도 유행했었어요 .

B : 드라마에 나오는 연예인이 하고 나오면 더 예뻐 보이는 것 같아요 .

A : 네 , 그래서 드라마에 협찬하려고 하는 회사들이 줄을 서나 봐요 .

B : 맞아요 . 저라도 제가 만든 제품을 연예인에게 입히고 싶을 것 같아요 . 확실히 효과가 있잖아요 .

A : 哇！你換了新髮型？

B : 對啊，我昨天難得去了髮廊。

A : 髮型很好看耶，這是最近流行的髮型嗎？

B : 你不知道嗎？這是高準熹短髮啊。

A : 哦，演員高準熹嗎？聽你這麼一說，還真的是耶。

B : 對啊，我覺得頭髮看來有點厚重，所以才會去剪剪看。

A : 剪得很好啊，看起來臉很小、很俐落。把那個髮型設計師也介紹給我吧。

B : 好，我等等用 Line 傳給你。

A : 太好了，因為我還沒找到適合我的髮型設計師。

B : 韓國人常會跟風買戲劇中出現的髮型、妝容和時尚單品嗎？

A : 因人而異，但最多人買的是女演員穿戴的衣服或包包。《愛的迫降》中徐智慧戴的髮夾也很流行。

B : 如果戲裡的藝人穿了，就會感覺東西變得比較好看耶。

A : 對啊，所以大概有一堆公司排隊想贊助戲劇吧。

B : 沒錯，換作是我，也想讓藝人穿上我做的產品，畢竟確實有效果嘛。

單字

- 단발〔斷髮〕：
  名詞 短髮、剃髮
- 세련되다〔洗練 / 洗鍊 --〕：
  動詞 幹練、俐落
- 아이템〔item〕：
  名詞 項目、物品
- 협찬하다〔協贊 --〕：
  動詞 贊助

句型與表達

· **그러고 보니　聽你這麼一說、這才發現**

用在「本來不曉得，卻突然領悟到」的時候。

例：아이고 , 작년에 보고 처음이다 . 그러고 보니 내가 연락을 못 했네 . 唉呀，這是去年見面後第一次碰面呢，這才發現我都沒有連絡你。

· **줄을 서다　排隊**

基本的意思是「차례를 기다리다（等待輪到）」，但也用作「為了把握機會，而競爭激烈」的意思。

例：감히 나를 차 ? 흥 ! 나 좋다는 사람들이 줄을 섰어 . 竟敢甩掉我？哼！喜歡我的人都在排隊呢。

背景知識 🔊 12

한국 드라마에서 늘 화제에 오르는 것은 드라마에 출연하는 배우들이 입는 옷이나 화장법, 헤어스타일, 가방, 목걸이 같은 액세서리 등이 있다. 인터넷에서도 'XX 드라마의 남자 배우가 쓴 선글라스가 너무 마음에 들어요. 어느 회사 제품인지 아시는 분 댓글 부탁드려요.'나 '드라마 OOO 에서 여자 주인공이 바르고 나온 립스틱은 어느 브랜드 건지 아세요?'와 비슷한 글을 자주 볼 수 있다. 그리고 드라마에 나온 제품의 광고에서도 직접적으로 누가 어느 드라마에서 입은 옷이라든지 화장품인지를 써 넣어서 홍보 효과를 높이는 경우를 종종 본다. 이렇듯 드라마가 직접적인 소비에 미치는 영향이 어마어마하다 보니 유명 배우가 나오는 드라마에 협찬을 넣고 싶어하는 회사의 경쟁도 어마어마하게 높다. 이런 쪽으로 영향력이 높은 배우는 송혜교가 있는데, 2018 년 드라마 < 남자친구 > 에 나올 때 바른 핑크색 립스틱이 어느 회사의 몇 호인지 묻는 글도 많았고 실제로 판매량도 매우 높았다고 한다. 최근에는 < 사이코지만 괜찮아 > 에서 배우 서예지가 입은 모든 아이템들이 이슈가 되었다. 화려한 드레스와 귀걸이, 모자, 구두 등 많은 제품들이 저렴하지는 않은 가격에도 모두 매진이 되었다고 한다.

이렇듯이 드라마 하나, 배우 한 명의 파급력이 상당히 크기 때문에 제품에 따라 간접 광고로 들어가는 경우도 있는데, 간접 광고는 옷이나 장신구 이외에도 음식, 차, 전자제품, 커피숍 등 광범위하다. 한국에서는 간접 광고를 PPL 이라고 자주 말하는데, 영어의 Product Placement 약자인데, 한국에서만 쓰이는 단어이다. 이러한 PPL 은 드라마에서 과용될 경우 드라마도 광고도 다 망치는 경우도 있지만, 자연스럽게 드라마에 흡수될 경우에는 좋은 효과를 낼 때도 있다.

常在韓劇中掀起話題的，是演出戲劇的演員們身穿的衣服，或是化妝方式、髮型、背包、項鍊這些配件。在網路上也常能看見「我超喜歡電視劇 XX 的男演員戴的墨鏡，請問有人能留言告訴我，那是哪間公司的產品嗎？」，或是「有人知道電視劇 OOO 的女主角塗的口紅是哪牌的嗎？」這類貼文。而且出現在劇中的產品打廣告時，也常會直接寫出那是誰在哪部戲穿的衣服、用的化妝品，以提升宣傳效果。像這樣，戲劇對消費造成的直接影響甚鉅，想贊助知名演員演出戲劇的公司，競爭也非常激烈。演員宋慧喬在這方面的影響力就很大，聽說她 2018 年演出電視劇《男朋友》時，許多貼文都在問她塗的粉色唇膏是哪家公司的哪種色號，實際銷售量也非常高。最近，演員徐睿知在《雖然是精神病但沒關係》當中穿戴的所有單品也蔚為話題。聽說華麗的洋裝與耳環、帽子、皮鞋等商品價值不菲，卻還是銷售一空。

正因為一部戲、一個演員的影響力是如此地大，戲劇也會根據產品進行置入性行銷，置入性行銷除了衣服和飾品以外，還包含食物、車子、電子產品、咖啡廳等廣大範圍。在韓國，人們常稱置入性行銷為 PPL，此為英文 Product Placement 的縮寫，是只有韓國才會用的說法。這種 PPL 若被戲劇濫用，將會毀掉戲劇和廣告，但自然融入於戲劇時，則會產生良好的效果。

單字

- 액세서리〔accessory〕：名詞 飾品
- 선글라스〔sunglass〕：名詞 墨鏡
- 립스틱〔lipstick〕：名詞 口紅
- 브랜드〔brand〕：名詞 品牌
- 이렇듯：副詞 像這樣、如這般
- 소비〔消費〕：名詞 消耗、花費
- 어마어마하다：形容詞 十分巨大、雄偉
- 저렴하다〔低廉 --〕：形容詞 便宜

- 매진〔賣盡〕：名詞 賣光、售罄
- 파급력〔波及力〕：名詞 影響力
- 상당히〔相當 -〕：副詞 相當地
- 장신구〔裝身具〕：名詞 飾品
- 광범위하다〔廣範圍 --〕：形容詞 廣泛、大範圍
- 약자〔略字〕：名詞 縮寫
- 과용되다〔過用 --〕：動詞（被）過度使用、濫用
- 흡수되다〔吸收 --〕：動詞（被）吸收、（被）吸取

07 드라마 OST
韓劇原聲帶

 會話 🔊 13

(커피숍에서 노래가 조용히 흘러나오고 있다 .)

A : 지금 나오는 노래 정말 좋은데요 ?

B : 저 이 노래 알아요 . 제가 얼마 전에 < 나의 아저씨 > 를 재미있게 봤는데 , 거기 나오는 OST 예요 .

A : 누구 노래인지도 알아요 ?

B : 정승환이라고 발라드 가수예요 .

A : 아 , 정승환 ! 알아요 . 오디션 프로에서 1 등은 아닌데 , 수상은 했던 거 같은데… 맞나요 ?

B : 네 , 맞아요 . 'K 팝 스타' 라는 오디션 프로그램에서 준우승을 했는데 목소리가 너무 감미로워요 . 제가 좋아하는 한국 노래는 거의 다 OST 예요 . 예전부터 드라마를 보고 나서 거기에 나오는 배경 음악을 찾아서 들었어요 .

A : 아 , 그러고 보니 저도 예전에 중국어를 배울 때 그랬던 것 같아요 . 드라마를 열심히 보다 보니까 거기에 나오는 OST 에도 깊게 빠지더라고요 .

B : 음악을 들으면 드라마의 내용이 떠오르기 때문인 것 같아요 .

A : 거기에다가 드라마의 주인공이 직접 OST 를 부르면 더 몰입이 돼요 .

B : 네 , 이번에 < 슬기로운 의사생활 > 에서 조정석이 부른 < 아로하 > 라는 노래 정말 좋아요 .

(咖啡廳裡小聲地播放著音樂。)

A : 現在播的這首歌真的很好聽耶 ?

B : 我知道這首歌，我前陣子在追《我的大叔》，這是那部戲的原聲帶。

A : 你知道這是誰的歌嗎 ?

B : 是叫作鄭承煥的抒情歌手。

A : 哦，鄭承煥 ! 我知道，他不是選秀節目的第 1 名，可是他好像有得獎……對嗎 ?

B : 嗯，對啊，他在《K-pop Star》這個選秀節目拿到了亞軍，聲音非常甜美。我喜歡的韓國歌曲幾乎都是原聲帶，我之前看完韓劇，還會去找韓劇裡的背景音樂來聽。

A : 哦，聽你這麼一說，我才想到自己以前學中文時，好像也會那樣。認真追劇追久了，也會深深地陶醉在劇中原聲帶裡。

B : 似乎是因為聽到音樂，就會想起劇情。

A : 而且如果是劇裡的主角親自演唱原聲帶，就會更令人投入。

B : 對啊，這次曹政奭在《機智醫生生活》中演唱的〈Aloha〉真的很好聽。

單字

- 발라드〔ballade〕 :
  名詞 抒情歌
- 오디션 프로〔audition pro〕 :
  名詞 選秀節目 (프로為「프로그램 (program)」的縮寫)
- 준우승〔準優勝〕 :
  名詞 亞軍
- 감미롭다〔甘味 --〕 :
  形容詞 甜美、甘甜

句型與表達

· V- 았 / 었던 것 같은데　好像 V

回想過去時使用，用在無法百分之百確定說話內容的時候。

例 : 어렸을 때 여기 근처에 문구점이 있었던 것 같은데 안 보이네요 . 여기가 아닌가요 ? 小時候這附近好像有間文具店，沒看到耶。不是這裡嗎 ?

· 거기에다가　而且、加上

用在接續背景知識說明前述內容的時候。縮寫是「게다가」。

例 : 주말의 공원은 사람이 바글바글했다 . 거기에다가 근처에 벼룩시장까지 열려서 주차할 곳 찾기가 어려웠다 . 週末的公園熙來攘往，加上附近還有跳蚤市場開張，所以很難找到停車位。

背景知識 🔊 14

한국에서는 드라마나 영화에 삽입된 음악을 일반적으로 편하게 OST 라고 부른다. 이것은 '오리지널 사운드트랙 (Original Soundtrack)' 의 약자이다. 앞에 '오리지널' 이라고 붙었기 때문에 엄밀하게 따진다면 원래 존재하던 음악을 드라마나 영화에 삽입하면 'OST' 라고 부를 수 없고, 그냥 '사운드트랙' 이나 '수록곡' 이라고 불러야 하지만, 통상적으로 그렇게 엄밀하게 구분 짓지 않고 OST 라고 한다.

또한 물론 차트에는 최근에 방영하는 드라마의 곡이 상위에 올라와 있는 것을 볼 수 있지만, 비교적 예전에 방영되었는데 지금까지도 사랑을 받고 있는 드라마의 OST 도 많다. 그 예로는 < 도깨비 >(2016 년), < 또 ! 오해영 >(2016 년), < 태양의 후예 >(2016 년), < 별에서 온 그대 >(2013 년), < 시크릿 가든 >(2010 년), < 꽃보다 남자 >(2009 년), < 쾌도 홍길동 >(2008 년), < 미안하다 사랑한다 >(2004 년) 등의 OST 가 있고, 최근에 OST 가 인기를 얻은 드라마로는 < 호텔 델루나 >, < 사랑의 불시착 >, < 이태원 클라쓰 >, < 멜로가 체질 > 등이 있다. 그리고 한국에서는 OST 를 자주 부르기도 하고 유명하기도 한 가수들이 있다. 첫째, 백지영이다. 백지영은 1999 년에 데뷔한 한국의 유명한 발라드 가수인데, 지금까지 스무 개의 드라마 OST 앨범에 참여하였다. OST 싱글로 유명한 곡으로는 < 시크릿 가든 > 에 나온 < 그 여자 > 와, < 최고의 사랑 >

의 <I can't drink> 가 있다. 그리고 거미도 많은 드라마 OST 앨범에 참여하였는데, < 태양의 후예 > 의 <You are my everything> 와 < 호텔 델루나 > 의 <Remember me> 가 유명하다.

在韓國,一般將戲劇或電影中插入的音樂稱為 OST。這是「原始聲音軌道（Original Soundtrack）」的縮寫。因為前方加上了「Original」,所以嚴格來說,如果是將既有的音樂插入戲劇或電影,就不能稱作「原聲帶」,只能算是「配樂」或是「收錄曲」,但通常不會劃分得那麼嚴格,會一律稱作原聲帶。

此外,在排行榜上能看見近期戲劇的歌曲擠進前段排名,但也有許多戲劇是先前播出的,原聲帶至今仍受到喜愛,例如《鬼怪》（2016 年）、《又是吳海英》（2016 年）、《太陽的後裔》（2016 年）、《來自星星的你》（2013 年）、《祕密花園》（2010 年）、《花樣男子》（2009 年）、《快刀洪吉童》（2008 年）、《對不起,我愛你》（2004 年）等戲劇的原聲帶,近期原聲帶受到歡迎的戲劇則有《德魯納酒店》、《愛的迫降》、《梨泰院 Class》、《浪漫的體質》等等。而韓國也有一些歌手經常演唱原聲帶,也相當有名。第一位是白智榮,她是 1999 年出道的韓國知名抒情歌手,目前已經參與了二十部電視劇的原聲帶專輯。以原聲帶單曲聞名的歌曲包括在《祕密花園》出現的〈那個女人〉,和《最佳愛情》的〈I can't drink〉。而 Gummy 也參與了許多電視原聲帶專輯,其中又以《太陽的後裔》的〈You are my everything〉和《德魯納酒店》的〈Remember me〉最為知名。

單字

- **삽입되다**〔插入 --〕：動詞（被）插入
- **엄밀하다**〔嚴密 --〕：形容詞 嚴密、嚴格、嚴謹
- **따지다**：動詞 追究、計算
- **수록곡**〔收錄曲〕：名詞 收錄曲
- **통상적**〔通常的〕：名詞 冠形詞 通常的、平常的
- **구분**〔區分〕：名詞 劃分、分開
- **차트**〔chart〕：名詞 排行榜、圖表
- **상위**〔上位〕：名詞 上層、前段
- **앨범**〔album〕：名詞 專輯
- **싱글**〔single〕：名詞 單一、單身、單曲

08 편집 剪輯

 **會話** 🔊 15

A : 휴…어제 하루 종일 유튜브 동영상 편집을 했더니 눈도 아프고 어깨가 쑤셔요.

B : 유튜브 시작했어요? 대단한데요! 그런데 제가 어디서 들어 봤는데 동영상 편집이 정말 어렵다면서요.

A : 맞아요. 정말 10분짜리 동영상 만드는데도 시간이 엄청 많이 걸려요.

B : 그렇군요. 전 집에서 편하게 유튜브를 보거나 드라마를 봐서 잘 몰랐어요.

A : 저는 그냥 일상 브이로그를 만드는 건데, 드라마 편집은 또 얼마나 힘들까요?

B : 그러게요. 편집의 힘이 정말 크다고 들었어요. 편집을 통해서 어떤 장면은 그냥 다 없어지기도 하고, 배우의 분량도 많거나 적어지니까요.

A : 직접 만들어 보니까 알겠더라고요. 찍을 때는 열심히 찍었는데, 집에서 편집을 하다 보면 또 필요없기도 하고, 다른 장면을 더 넣었으면 좋겠다는 생각도 하게 되고요.

B : 그리고 한국에서는 드라마에서 제한하는 장면들이 있다고 들었어요.

A : 아, 맞아요. 옛날 드라마에서는 담배 피우는 장면이 많았는데, KBS와 SBS는 2012년에 MBC는 2004년에 방송 금지됐어요.

B : 그래요? 한국의 방송은 비교적 제약이 많은 것 같아요.

A : 呼……昨天一整天都在剪輯 YouTube 影片，今天眼睛好不舒服，肩膀也痠痛。

B : 你開始做 YouTube 了？很厲害欸！可是我聽人家說，剪輯影片真的很難。

A : 對啊，就算只是 10 分鐘的影片，也會花費很多時間。

B : 原來如此，我都在家裡舒舒服服地看 YouTube 或追劇，所以都不曉得。

A : 我做的只是日常 Vlog 而已，剪輯戲劇該有多累啊？

B : 就是說啊，聽說剪輯帶來的影響真的很大，因為透過剪輯，能夠直接刪除一些畫面，還能調整演員的份量多寡。

A : 親自做過影片就會懂了，雖然拍的時候拍得很認真，可是在家裡剪片時，又會覺得沒有必要，想加入另一個畫面。

B : 而且我聽說，韓國電視劇還會限制一些畫面出現。

A : 哦，對啊，以前的戲常出現抽菸的畫面，可是 KBS 跟 SBS 從 2012 年起，而 MBC 從 2004 年起禁止播出了。

B : 是哦？韓國的電視規範好像比較多呢。

單字

- 유튜브：YouTube
- 쑤시다 [動詞] 刺痛、痠痛
- -짜리 [接尾詞] 表示大小或數值
- 브이로그〔vlog〕：[名詞] 影片部落格

句型與表達

· 그러게요　就是說啊

非常同意前人所說時，使用的說法。

例：A : 운동을 해야 하는데, 결심한다는 것이 말처럼 쉽지가 않아요. 應該要運動的，可是下定決心不如說起來容易。

B : 그러게요. 저도 매년 1월 1일에는 꼭 다이어트한다고 해 놓고 정작 지금까지 시작도 안 했어요. 就是說啊，我每年 1 月 1 日也都說我一定要減肥，結果到現在都還沒開始。

· 생각도 하게 되고요　覺得、想起

出現在句末，用在列舉各種想法的時候。

例：요즘 너무 심심하다 보니까 가끔은 전남친 생각도 하게 되고 그러네요. 最近實在太無聊了，有時候還會想起前男友呢。

背景知識 🔊 16

동영상을 편집할 때 빠지지 않는 요소 3 가지가 바로 '영상', '음향', 자막'이다. 특히 드라마의 경우 영상과 음향이 중요하며 편집은 촬영만큼이나 중요한 작업이라고도 할 수 있다. 다시 말해 드라마 한 편을 만드는데 각본, 음향, 배우들의 연기, 의상, 조명, 카메라 등이 모두 다 중요하지만 편집은 마지막에 드라마를 정리해서 완성하는 작업으로, 앞의 촬영 부분도 매우 중요하지만 편집에 따라서 드라마를 살리거나 망하게도 할 수도 있을 정도이다. 신문이나 출판에서도 편집에 따라 결과물이 달라지는 것과 같다고 볼 수 있다.

지금은 촬영도 디지털화가 되었기 때문에 편집도 컴퓨터를 이용해서 하게 되어 많이 편해졌다고 한다. 예전에는 촬영한 필름을 하나하나 보면서 장면들을 가위로 잘라서 확인하고 다시 셀로판테이프로 자른 장면들을 이어 붙였다. 이렇게 힘든 작업인데 반해 주목을 많이 받는 자리는 아니었다. 그리고 한국의 드라마 제작 환경이 좋은 편이 아니기 때문에 편집에 주어지는 시간이 매우 적어 자주 사고가 나기도 한다. 가장 유명했던 드라마는 바로 < 화유기 >인데, 2 화 방송 중에 두 번이나 방송이 정지되고 광고만 계속 나왔으며, 결국 총 분량의 절반 정도만 방영을 하고 끝났다. 제작사에서는 CG 의 완성도를 위해서 욕심을 내다 보니 편집이 늦어져 방송 사고가 났다고 설명했지만 실망을 한 시청자들이 많았다.

그리고 가끔 '통편집'이라는 말을 들을 때가 있는데, 일반적으로 이미 방송용으로 찍어 놓은 장면이 편집을 하면서 완전히 없어져 실제로 방영되지 못하는 것을 의미한다. 촬영과 방송 사이에 연예인이 사회적으로 문제를 일으켰으나 다시 촬영할 시간적 여유가 없을 때 어쩔 수 없이 이루어진다.

剪輯影片時不可或缺的 3 種要素就是「影像」、「音效」、「字幕」。特別是製作戲劇時，影像和音效固然重要，而剪輯可謂是和攝影同樣重要的工作。也就是說，製作一部戲劇時，劇本、音效、演員的演技、服裝、燈光、攝影全都相當重要，但剪輯的工作是在最後整理、完成一部戲。前面提到的攝影雖然非常重要，卻可能因剪輯而影響戲的成敗。這點可謂和報紙或出版業一樣，會隨著編輯產出不同的結果。

現在攝影已數位化，剪輯也是用電腦進行，變得方便許多。以前要一一檢視拍好的底片，先用剪刀剪下畫面確認，再拿玻璃紙膠帶，把剪下的畫面黏起來。這份工作如此辛苦，卻不是經常受到關注的職位。而且韓國的戲劇製作環境不算好，給予剪輯的時間非常少，所以也經常出包。最出名的戲劇就是《花遊記》了，在第 2 集播出途中兩度暫停播放，僅出現廣告，最終只播出總份量的一半。雖然製作公司解釋，是因為貪圖 CG 的完成度，才會拖到剪輯時間，導致節目出包，仍有許多觀眾感到失望。

另外，有時會聽到「通通剪掉」的說法，一般指的是已經拍好要播出的畫面，在經過剪輯後完全消失，實際上無法播出的意思。若藝人在拍攝完畢到播出之前引發了社會問題，卻沒有多餘的時間時間重拍，才會逼不得已這麼做。

單字

- **자막**〔字幕〕：名詞 字幕
- **각본**〔脚本〕：名詞 劇本
- **결과물**〔結果物〕：名詞 成果、結果
- **디지털화**〔digital 化〕：名詞 數位化
- **필름**〔film〕：名詞 底片
- **셀로판테이프**〔cellophane tape〕：名詞 玻璃紙膠帶

- **주어지다**：動詞 具備、被給予
- **정지되다**〔停止 --〕：動詞 停止
- **분량**〔分量〕：名詞 程度、份量
- **방송용**〔放送用〕：名詞 播出用
- **완전히**〔完全 -〕：副詞 完全、全部
- **일으키다**：動詞 掀起、引起

09 홍보

宣傳

會話  17

A : 요즘 제가 좋아하는 배우가 여러가지 예능 프로그램에 나와서 기분이 좋아요 .

B : 아 , 드라마나 영화 홍보로 나왔나 보네요 . 하하하 !

A : 맞아요 . 물건 하나를 만들어도 광고를 하는데 , 드라마는 **말할 것도 없지요** .

B : 그리고 그 덕분에 평소에 예능에 잘 안 나오는 배우도 텔레비전에서 볼 수 있고 일석이조지요 .

A : 당연히 너무 홍보만 하면 재미없지만 , 홍보도 하면서 인터뷰도 재미있게 해서 좋았어요 .

B : 이런 홍보 방식도 좋지만 재미있는 드라마 홍보에는 뭐가 있을까요 ?

A : 가장 흔하게 볼 수 있는 건 버스나 지하철에 드라마 포스터를 붙이는 거 아닐까요 ?

B : 그렇겠죠 . 요즘에는 방송사에서도 홍보를 하지만 , 팬들도 자신이 좋아하는 배우를 위해서 광고를 하기도 **하더라고요** .

A : 저도 봤어요 . 팬덤이 강한 아이돌이 드라마에 나올 때는 그런 경우가 있더라고요 . 정말 대단해요 .

B : 지난번에 편의점에 갔는데 거기서 팬클럽이 제작한 드라마 홍보 영상이 나오더라고요 .

A : 그거 신선하네요 . 요즘에는 홍보 아이디어도 다양하고 재미있는 것 같아요 .

A : 我喜歡的演員最近上了各種綜藝節目，我好開心喔。

B : 哦，大概是去宣傳戲劇或電影的吧，哈哈哈！

A : 對啊，做出一種商品都會打廣告了，戲劇就更不用說了嘛。

B : 而且多虧如此，才能在電視上看到平時不常上綜藝節目的演員，可說是一石二鳥。

A : 當然，要是只顧著大力宣傳就不有趣了，可是他在宣傳的同時進行了有趣的訪談，所以我覺得很棒。

B : 這種宣傳方式就很好了，不過，還有哪些有趣的戲劇宣傳方式啊？

A : 最常見的應該是在公車或地鐵上面張貼戲劇宣傳海報吧？

B : 對啊，雖然最近電視台也會進行宣傳，但我記得也有粉絲會替自己喜歡的偶像打廣告。

A : 我也有看過。粉絲比較狂熱的偶像演出戲劇時，就會出現那種情況。真的很厲害。

B : 我上次去便利商店，裡面還在播粉絲後援會製作的戲劇宣傳影片呢。

A : 那就很新鮮了耶，感覺最近的宣傳構想多元又有趣。

單字

• 일석이조〔一石二鳥〕：
  名詞 一箭雙鵰、一石二鳥
• 팬덤〔fandom〕：
  名詞 ⋯⋯迷、狂熱者
• 팬클럽〔fan club〕：
  名詞 粉絲後援會、粉絲俱樂部

句型 與 表達

‧ 말할 것도 없다　更不用說了、更別說了

形容程度嚴重。

例 : 수술한다는 것은 건강한 어른에게도 힘든 일인데 , 일곱 살 어린애는 말할 것도 없지 않아요 ? 動手術對健康的大人來說就很痛苦了，七歲小孩豈不是更不用說了？

‧ V 더라고요　記得 V、印象中 V

「- 더라」加上「- 고」的說法 ,「- 더라」是說話者將親身經歷後得知的事實 , 再次陳述出來的語尾。

例 : 제가 예전에 스페인을 여행했는데 , 바르셀로나에는 겨울에만 먹을 수 있는 특별한 파 요리가 있더라고요 . 생각보다 맛있었어요 . 我之前到西班牙旅行，我記得巴塞隆納有一種特別的派，只有冬天才吃得到，比我想像中好吃。

背景知識 ◁)) 18

홍보의 사전적 정의는 소식 등을 널리 알린다는 뜻인데, 한국에서는 PR(Public relations) 이라고도 자주 말한다. 현재 한국에서 드라마 홍보는 제작 초기 단계에서부터 계획이 되는데, 일반적으로는 전문홍보회사에 외주를 준다. 외주를 받은 회사에서는 여러가지 기획 아이디어를 제시하고, 방송사에서 적합한 아이디어를 선택한다. 그리고 그 아이디어를 구체화하는 방식으로 작업이 진행된다. 기본적으로 하는 일은 대본 리딩 사진이나 포스터를 공개하는 것이다. 그리고 배우들의 팬들 관리도 주된 일이라고 한다. 특히 멜로 드라마일 경우에는 남녀 주인공이, 만약 팬 사이에서 '남자 배우가 더 아깝네', '왜 둘이서 같이 찍지? 너무 안 어울려' 라는 말이 나오기 시작하면 드라마가 시작하기도 전에 제작에 좋지 않은 영향을 줄 수 있기 때문이다. 또한 홍보회사에서는 동일 시간대의 경쟁작 분석을 하여 차별화 전략을 세워 홍보안을 만든다.

드라마가 방영되기 시작하고 나서는 바로 바로 '프리뷰'나 '리뷰'를 작성하여 홍보를 한다. 드라마가 끝나고 나서 드라마 관련 평가들이 올라오는 각종 사이트들을 모두 살펴보고 리뷰를 쓰고 다음 날 언론 매체에 발송한다고 한다. 그리고 그 외의 시간에는 드라마 촬영 현장을 직접 찾아서 홍보로 쓸 사진 홍보 자료를 만들거나 뒷이야기를 담은 짧은 영상을 찍는다.

드라마의 타겟 대상에 따라서 홍보 방식도 조금씩 달라지는데, 전문홍보회사 < 셸위토크 > 에서는 드라마 < 밀회 > 는 40 대 여성과 20 대 남성의 러브스토리라는 특수한 소재를 다뤘기 때문에 일반적인 홍보 방식을 벗어나 극장에서 영화 예고편처럼 드라마 예고편을 찍어서 홍보했는데, 실제 반응도 매우 좋았다고 한다.

「宣傳」在字典上的定義，是讓消息廣為人知的意思，在韓國常稱為 PR(Public relations)。目前韓國的戲劇宣傳會從製作初期就開始規劃，不過通常是外包給專業公關公司。承包的公司會提出各種企劃構想，再由電視台選出合適構想，接著，公關公司才著手將那些構想具體化。基本上要做的工作就是公開閱讀劇本時的側拍照或宣傳照，而演員的粉絲經營也是主要工作內容。尤其是浪漫愛情劇的男女主角，萬一有粉絲開始說：「糟蹋了男演員」、「為什麼這兩個人要一起拍？也未免太不配了吧」，就有可能在戲劇開播前，對製作造成不良影響。此外，公關公司也會分析同一時段的競爭作品，來擬定差異化策略，打造宣傳方案。

在戲劇開播後，要立刻寫出「預告文」或「心得文」，進行宣傳。據說在戲劇播完後，還要查看各個寫有戲劇評價的網頁、寫下評論，隔天再傳送給媒體。此外，其餘時間還要前往拍攝現場，製作用於宣傳的素材照，或是拍攝花絮短片。

隨著戲劇收視族群不同，宣傳方式也會產生些微差異，專業公關公司「Shall we talk」即因戲劇《密會》講述的是 40 幾歲女性和 20 幾歲男性的愛情故事，題材特殊，才會跳脫一般宣傳方式，在劇場拍攝了宛如電影預告的戲劇預告片來宣傳，據說實際反應也非常好。

單字

- 외주〔外注〕：名詞 外包
- 적합하다〔適合 --〕：形容詞 適合、適當
- 리딩〔reading〕：名詞 閱讀
- 주되다〔主 --〕：動詞 主要、為主
- 경쟁작〔競爭作〕：名詞 競爭作品
- 프리뷰〔preview〕：名詞 預告、預覽

- 리뷰〔review〕：名詞 評論
- 뒷이야기：名詞 後記、花絮
- 담다：動詞 盛、裝
- 타겟〔target〕：名詞 目標
- 특수하다〔特殊 --〕：形容詞 特殊、特別
- 예고편〔豫告篇〕：名詞 預告片

10 정책 政策

문화체육관광부

會話 🔊 19

A : 예전에는 드라마가 정부의 제재를 많이 받던 시대도 있었는데, 한국은 어때요?

B : 네, 한국도 마찬가지예요. 정부를 비판하는 내용이나 북한을 미화하는 내용 등은 만들기 어려웠다고 들었어요. 하지만 요즘에는 제한보다는 지원을 더 많이 하는 것 같아요.

A : 그렇지요. 나라마다 정도의 차이가 있기는 하지만 문화예술을 어떻게 발전시킬 것인가에 대해 계획이 있고, 그에 따르는 정책도 만들고 시행하지요.

B : 그런데 저는 한국에서 살면서 피부로 느낄 만한 문화 정책은 별로 없었는데, 생각나는 게 딱 하나 스크린쿼터제가 있어요.

A : 스크린쿼터제가 뭐예요?

B : 영화관에서 한국 영화를 1년에 73일 이상을 의무적으로 상영하라고 하는 제도인데, 미국의 압력으로 없어질 뻔했어요. 영화 업계에서 일하시는 분들과 지지자들이 크게 목소리를 내고 반대하여서 정부에서도 폐지를 못했어요. 이 제도가 남아 있는 나라는 프랑스, 브라질, 이탈리아, 그리스, 스페인, 파키스탄이라고 해요. 한국 영화는 만약에 이 제도가 없어졌다면 쇠퇴했을 거라고 분석하는 전문가들도 있어요.

A : 맞아요. 제도적 뒷받침도 참 중요한 것 같아요.

A : 在過去一些年代，戲劇常常受到政府制裁，韓國的情況怎麼樣？

B : 嗯，韓國也一樣。我聽說，以前很難創造出批判政府或美化北韓的劇情。不過最近的政府比起限制，似乎給予了更多的協助。

A : 對啊，雖然各國之間存在差異，還是對於文化藝術的發展有所規劃，也會擬訂相應的政策，付諸實行吧。

B : 可是我住在韓國，都沒有親身感受到什麼文化政策耶，我只想到銀幕配額制度。

A : 銀幕配額制度是什麼？

B : 規定電影院在1年內，必須上映韓國電影73天以上的制度，這項制度差點在美國的施壓下消失，是因為電影業的從業人士和支持者高呼反對，政府才不敢廢止。聽說，還保有這種制度的國家有法國、巴西、義大利、希臘、西班牙、巴基斯坦。還有專家分析說，萬一沒有這種制度，韓國電影就會衰退。

A : 對啊，感覺有制度支持真的很重要。

單字

- **제재〔制裁〕**：
  名詞 制裁
- **미화하다〔美化--〕**：
  動詞 美化
- **쇠퇴하다〔衰退--〕**：
  動詞 衰退、衰落
- **뒷받침**：
  名詞 後台、後援

句型與表達

· A/V- 기는 하지만　雖然 A/V，還是

用在「承認前方事實，又要接著說出與之相反的話」的時候。

例 : 대중교통을 이용하는 것은 운전하는 것보다 불편하기는 하지만 대기오염을 줄일 수 있다. 雖然搭乘大眾交通工具比開車還不方便，但可以減少空氣污染。

· 피부로 느끼다　親身感受

切身經歷到某種經驗時使用的說法。

例 : 예전에는 몰랐는데 요즘 환경 오염의 심각성을 피부로 느끼고 있어요. 我以前不曉得，但最近親身感受到環境汙染的嚴重性了。

背景知識 🔊 20

한국 드라마는 90 년대만 하더라도 국내의 시청자들만을 위해 제작되었다 . 그러다 2000 년대 초 < 겨울연가 > 로 시작된 해외에서의 인기가 < 대장금 > 으로 이어지고 , 드라마의 영향력이 문화 산업에서만 파급력이 있는 것이 아니라 관광 , 무역 , 국제관계에까지 영향을 미치다 보니 관련된 정책이 뒤따르게 되었다 . 한국에서는 문화체육관광부 (이하 문체부) 에서 정책적인 부분을 담당한다 .

지금까지 한국의 문화 산업 , 예를 들어 드라마나 예능 , K-pop 이 외국에서 인기를 얻고 이를 수출하면서 그에 연관된 관광상품이나 다른 소비상품들이 인기가 높아짐에 따라 한국의 경제에 도움이 많이 되었다 . 한국은 본래부터 국내 내수 시장이 작기 때문에 수출 위주의 경제정책을 가지고 있었다 . 거기에 2018 년 정부 조사에 따르면 방송 수출을 통한 생산유발액은 1.99 조 원으로 , 국산차 10 만 대 수출에 외국인 관광객 130 만 명이 들어온 것 이상의 효과를 본 것이라고 한다 . 이렇게 효과가 뚜렷하자 정부에서도 행정적으로 지원하며 정책적으로 여러가지 기획을 하여 문화 산업을 육성하고자 노력하고 있다 . 특히 , 정치와 외교 문제 등 외부에서 주로 발생하는 지체 요인 관리를 중요하게 생각한다 . 그리고 2020 년에는 코로나로 인해 관광 산업이 매우 축소되었지만 문화 콘텐츠 산업은 이와는 별개로 큰 힘을 발휘하였다 . 예를 들어 < 사랑의 불시착 > 은 코로나 때문에 오히려 일본에서 엄청난 인기를 끌었으며 평소에 한국 드라마에 관심이 없던 중년 남성들까지 드라마의 매력에 빠지게 하였다 . 이와 같이 드라마는 코로나 시대에서도 비행기를 타지 않고도 다른 나라의 문화를 경험할 수 있다는 장점이 있다 .

韓國戲劇在 1990 年代時，仍是專為國內觀眾製作的。後來在 2000 年代初期，由《冬季戀歌》開創的海外人氣延續至《大長今》，戲劇的影響力不僅觸及文化產業，還會影響觀光、貿易，甚至是國際關係，使得相關政策相應而生。韓國是由文化體育觀光部（下稱文體部）負責政策的部分。

目前韓國的文化產業，譬如戲劇、綜藝、K-pop 在外國受到歡迎、出口到國外時，隨著相關觀光商品或其他消費商品的人氣提升，也會對韓國經濟頗具助益。因為韓國的內需市場本來就狹小，經濟政策多以出口為主，再加上 2018 年的政府調查顯示，透過電視節目出口的生產誘發額為 1.99 兆韓元，成效比出口 10 萬台國產車、130 萬名外籍觀光客入境還要好。成效如此顯著，讓政府現正致力於提供行政支援、進行各種政策規劃，並培育文化產業，尤其注重政治與外交問題等主要發生於外界的延遲因素控管。接著，在 2020 年，COVID-19 導致觀光產業嚴重萎縮，文化內容產業卻與之不同，另外發揮了巨大的力量。舉例來說，《愛的迫降》因為 COVID-19 的關係，反而在日本吸引了超高人氣，就連平時對韓劇不感興趣的中年男性，也陷入了戲劇的魅力。如此，在 COVID-19 時代，戲劇有著不搭飛機出國，也能體驗到他國文化的優點。

單字

- **뒤따르다** 〔動詞〕跟隨、追隨
- **연관되다** 〔聯關 --〕：〔動詞〕關聯、相關
- **내수** 〔內需〕：〔名詞〕內需
- **생산유발액** 〔生產誘發額〕：〔名詞〕刺激生產後產出的金額
- **뚜렷하다** 〔形容詞〕清楚、明顯
- **육성하다** 〔育成 --〕：〔動詞〕培育、培養
- **지체** 〔遲滯〕：〔名詞〕延遲、拖延
- **축소되다** 〔縮小 --〕：〔動詞〕縮減、萎縮
- **별개** 〔別個〕：〔名詞〕別的、另外的
- **발휘하다** 〔發揮 --〕：〔動詞〕發揮、施展

韓劇迷最想知道的 *10* 大產業祕辛

撰文・林雅雯（B編）、EZKorea編輯部
受訪者・黃孝儀

1. 有線電視台 OCN 以犯罪、刑偵、神祕、穿越、靈異驅魔為主題的「Original Series」系列是怎麼形成的？

OCN 在易主 CJ ENM 集團後，原本是播放外國影集及電影的頻道，後來開始進行原創戲劇的製作拍攝，將電影手法帶進電視劇，具有實驗性質，達到磨練類型電影人才的效果。起初韓國國內電視產業並不看好 OCN，因為犯罪、靈異等題材為電影觀眾偏好，同樣隸屬於 CJ ENM 集團的 tvN 也嘗試拍過如《謗法》作品，仍不敵主流的浪漫愛情類劇，故一開始其系列主要客群看準偏好類型劇集的海外市場，而非韓國本地觀眾。然 2020 年《驅魔麵館》的成功可視為一大里程碑，不僅在串流平台 Netflix 繳出亮眼成績，電視收視率破 10% 的成績也顯示了韓國觀眾觀劇口味的轉變。

2. PD 是什麼？在編制上是隸屬電視台還是製作公司？

PD 過去指的是製作人（Producer）加導演（Director），現在多指總監、監製（英文仍是 Producer）。早期韓國電視台 PD 多半為文科出身，專長為創意企劃，再從經驗中學習導戲，而科班人才多去從事電影導演，加上早期戲劇多採棚內三機拍攝，類似情境式綜藝，畫面構圖並不複雜，因此經常是製作人兼導演，負責選材與導戲，一人多用。如今的 PD 可以視為是劇組的總指揮，負責號召人才、組織劇組、控管預算，與負責導戲、選擇畫面的導演職責分開了，而目前一部韓劇多為三位導演共同負責。

一開始 PD 隸屬於電視台，然隨著知名 PD 越來越多，PD 便與演藝人員相同，是有經紀公司的，可以根據不同狀況需求與各家電視台、製作公司合作，編劇也是類似的狀況；也有部分知名 PD 或編劇會自組公司，甚至也能入股領分紅，不單只是拿一次性酬勞。如此方式也能促進人才流動，不被單一公司限制發展，這也是韓流何以興盛的原因之一。

3. 要如何成為韓劇編劇？

成為編劇的途徑有兩種：其一，進到知名編劇開設的公司，從助理編劇開始磨練起。一般來說，名編是無需撰寫劇本細節的，只負責基本人物設定、重要對白；助理編劇則負責撰寫各種細節，包含場景、服裝、走位動線、情境效果、置入性行銷等。對助理編劇而言，這樣的訓練方式會累積強大的基本功，未來也有機會以「○編徒弟」的名號出道；另一方面則受限於繁重的工作，難有時間構思劇本。即使如此，透過這樣方式出道並繳出亮眼成績的編劇仍大有人在，《愛上變身情人》編劇林回音、《請輸入檢索詞WWW》編劇權度恩、《奔向愛情》編劇朴詩賢等，都是名編金銀淑的助理出身。

第二種方式是參加電視台舉辦的劇本大賽，三大無線台及有線台都有類似比賽，條件稍有不同。以有線台 tvN 為例，其劇本大賽會設定主題、要求撰寫獨幕劇，賽後會將得獎作品拍成系列劇集；無線台則多募集短劇劇本，題材特別的劇本容易獲得青睞，卻不易成功開拍，例如以職業棒球為主題的《金牌救援》，就是 2016 年 MBC 電視台的大賽首獎，沉寂三年後才獲 SBS 電視台選中拍攝。大賽目的在於提供舞台給新人編劇，獲獎作品不一定會由原電視台製作拍攝。

目前業界人士與演員們大多只看第一集劇本，便決定是否進行拍攝，如何在少量篇幅中吸引目光，成了編劇的重大課題，這也是電視台大賽要求撰寫獨幕劇或短劇的原因。

韓劇《浪漫的體質》三位女主角即是電視編劇、紀錄片導演及戲劇行銷，劇情寫實，用來理解韓國電視圈的工作內容是不錯的選擇。

4. 呼聲高的演員會被劇組納入考量嗎？韓劇是如何選角的？

呼聲高的演員未必會雀屏中選。網路上的討論確實會是劇組選角的一個參考，但此階段更重要的是炒熱話題，為戲劇做第一波的宣傳，製作公司偶爾也會丟出一些人選來測風向。而劇本究竟有無送到哪位演員手上，業界人士都會

知道。

韓國極為重視資歷與輩分，選角一定會從男女主角開始，人選確認後，才會選男女配角及其他配角。選角會考量劇情角色的設定、演員的形象等，也和經紀公司、製作公司的合作有密切關係。投資方大多會先推自己旗下的演員出演，除非是像《陽光先生》這類重金打造的大戲，才有可能尋找他家更合適的演員。

一般來說，電視劇的一線演員比較少接配角角色，但也會有像李棟旭這樣，以一線男星的身分接任《鬼怪》男配角的狀況發生，不過，考量到金銀淑編劇筆下的男一、男二戲份往往同樣吃重，加上《鬼怪》的男二設定對當時的李棟旭來說，是有挑戰與突破性的角色，他會接下來也就顯得理所當然了。

5. 韓國影視圈真的很血汗嗎？

這得從韓劇的劇種談起，無線台的主力是週一到週五每天播映的日日劇、晨間劇，而我們經常看到的 16 或 20 集的劇集，是為了填補週間、週末晚上時段用的。以 16 集的短劇為例，一般來說是拍完八集就要上檔，意即 1 到 8 集播出時，劇組及演員也緊鑼密鼓的拍攝 9 到 16 集，時間上是非常趕的，超時工作、熬夜趕拍是常態，一週更新二集大概是劇組拍攝極限。

至於為什麼是 16 或 20 集呢？這是為了配合「起承轉合」的模式，每一部分大概二週（4 集）；在電視台時代也有收視率的考量，八週（16 集）比較有時間發酵。

過去，邊拍邊播是為了看觀眾反應來決定結局，編劇往往寫好多個結局，待劇集播映發酵後，才定調結局走向。如今串流平台興起，觀眾未必是 on 檔追劇，這樣的拍攝模式確實有檢討、改進的可能。《機智醫生生活》一週只播一集，第一季只有 12 集的做法，是為了建立良好的工作環境及配合合法工時，申元浩導演此一措舉雖引發部分業內人士不滿、認為破壞不成文規則，卻也因為申導的地位、份量，使這件事得以被廣泛討論，進可能有帶動風氣之效。

6. 置入性行銷（PPL）怎麼來的？能達到廣告效果嗎？

韓劇的 PPL 從無線台開始就有，而且一直在進化，一開始是受到無線台不能插播廣告的影響，所以商品的廣告置入就直接放到戲劇裡了，而後串流平台興起，以劇本方式自然呈現 PPL 自然成為廣告主力。韓劇的 PPL 價碼很清楚明確，最便宜的是單純品牌 LOGO 在每集結尾 credits 畫面露出，大概台幣一百萬就能置入；最昂貴的則是讓戲中主角直接使用產品。PPL 是有規範的，只能占整齣戲長度的 5%，卻常受廣告商指定而集中在最後幾集，因為戲劇後段的收視率往往高於前段。

PPL 會不會真正牽動買氣，關鍵在於商品與劇情是否有效結合、不突兀。以《雖然是精神病但沒關係》的汽車品牌置入為例，因為女主角的別墅在深山裡，上下山一定要開車，強調爬坡性能的車款自然就置入得了無痕跡，且讓觀眾心動。

7. 韓劇 OST 是怎麼製作的？

在有線台出現以前，都是直接找唱片公司、歌手，挑選適合、現成的歌曲；現在則多為量身打造。劇組裡會有 OST 總監，與 PD、編劇討論劇情走向，並負責選曲與挑歌手，有些甚至會親自做配樂。以《薛西弗斯的神話》為例，OST 總監在劇本階段就已經參與製作，歌曲內容自然是因應劇情設計。一齣 16、20 集的韓劇，原聲帶大概會有 8 到 10 首歌，也有像《陽光先生》這樣多達 15 首主題曲的韓劇，幾乎是每集釋出一首新歌。

新人搶攻 OST 市場的狀況也時有所聞，若是戲劇大紅，傳唱速度、點擊率收益都比單曲或專輯來得好，因此 OST 經濟效益極為龐大，有些 OST 總監甚至開公司專營這項事業，與諸多歌手關係良好。

8. 韓劇經常停在吊人胃口的地方，這樣的安排是由編劇還是剪輯來決定？

現在多數的韓劇劇本是很精準的！每集的內容跟份量都是在劇本內就調配好，剪輯時才能很快地剪出一集。編劇必須把每一集的懸念寫得到位，這是戲劇是否能夠黏著觀眾的關鍵，光靠剪輯工作不可能辦到，剪輯一定是以劇本為基礎，再透過剪輯將情緒、氛圍建立起來。而預告則是由導演決定要釋出哪些畫面。

精確的劇本也是韓劇能夠成功的關鍵，每一集結尾都有讓人產生繼續看下去的動力。以一週播兩集的短劇來說，通常一集用來鋪墊劇情、一集演出重點並留下懸念，吸引觀眾下週繼續收看。進到串流平台之後，這樣的鋪陳方式也能讓觀眾一集接著一集往下看。

9. 一般來說，韓劇的行銷宣傳會做哪些事？

通常開拍前就會先釋放一些新聞作為前導宣傳，先是劇本決定開拍，導演、編劇等話題會在這個階段討論。接著是公布選角，依序釋出男女主角、配角等消息。有線台 tvN 首開先例後，「讀本大會」也變成上映前宣傳的必要環節，讓全劇演員齊聚，在記者前朗讀第一集劇本，除了能釋出一部分劇情供媒體宣傳之外，也是演員訓練口條、對白的重要場合。

傳統的韓劇宣傳主要靠電視台資源，仰賴電視台預告曝光，行銷預算相對低於電影。海外宣傳主要是電視台、串流平台（片商）自行決定，劇組可能會建議行銷預算。上檔後則靠口碑宣傳，端看觀眾反應，也需要時間發酵，討論無好壞，都是宣傳的重要環節，最怕沒人討論，這是花大錢也無法解決的問題。

10. 韓劇能席捲全球，背後有政府政策支持嗎？

「韓劇韓影能成功跟政策有關」一直是台灣人常有的偏見，但事實上韓國政府對於影視的補助非常少，政策層面的限制也早已鬆綁。在一九八〇、九〇、韓國政府還把持影視圈的年代，韓國人是不愛看國片的，多數認為那些內容都是政府政策宣傳。

直到政府的保護政策解禁，影視必須單純面向市場時，才取得現在韓流攻占全球的成功。換言之，韓劇、韓影的成功來自保護政策的瓦解，要如何拍出贏過外國的電影、戲劇？從業人員意識到這個問題，並且意圖進步、改善，才有機會創造成功。

《寄生上流》為什麼會紅遍全球？就是因為它不歌頌、不討好，拍出了韓國社會真實的黑暗面，那是跨越國界，可以取得共鳴、赤裸裸的人性刻畫，這才是韓劇、韓影好看的地方，也就是因為內容令人動容、反思，觀眾才會深受吸引，進而關注韓國文化。在討論政府政策與韓流之間的關係時，不能倒果為因，韓劇、韓影並不是受到政策影響才成功，相反地，韓國政府的補助多是放在「瀕臨絕種」的產業，例如舞台劇或出版業，較少投入「發大財」的影視產業，因為人民是會抗議的。

Q 韓劇製程大約要多久？
A： 從確定開拍到殺青結束大概半年左右。而開拍前的演員、劇本與投資方確定等，都是需要機緣的，無法保證時程長短。

Q 韓劇製作成本大概是多少？
A： 一部基本韓劇單集製作成本約一千至一千兩百萬台幣（不含行銷費用）。目前單集製作成本最高的為《Sweet Home》八千萬；全集製作成本最高的為《陽光先生》十億。

Q 韓劇的海外版權金是怎麼算的？
A： 版權金的算法為單集金額乘以總集數。自 2016 年截至今，韓劇版權金漲了五十倍左右。出價金又以 Netflix 為最高，甚至直接入股戲劇，其次才是愛奇藝與各家影劇平台。

Q 如何評估一部韓劇的收視成效？
A： 在韓國，收視率已不再是評估成績的指標了。因應新世代的觀劇模式，「點擊率」才是業界人士與廣告商看重的數字。全國僅兩千戶家庭擁有收視率調查機，且多設置於鄉下，反映的是熟齡人口的偏好，因此日日劇與婆媽劇往往收視成績亮眼，但未必能打進海外市場、吸引年輕族群。此外若真為一部優質戲劇，時間必會還給他真正的價值，而不是短暫的收視數字，戲劇是否能長銷才是成功的關鍵。

受訪者簡介｜黃孝儀

筆名艾爾，在台灣影視娛樂行銷實戰經驗逾 20 年，擅長各類影視作品包裝與永續性品牌經營策略執行，曾任華聯國際發行部總監、國片《白蟻：慾望謎網》行銷發行總監、喜滿客影城營運長、可樂電影公司總監、台北電影節 - 節目組副理，並在 CatchPlay、春暉電影台與多家電影公司擔任要職，主導發行中外影片超過 1000 多部。而在台灣市場引進韓國影視作品十餘年，累計超過 300 多部作品，與韓國娛樂產業與國際銷售端合作密切。

目前擔任台灣影評人協會理事，兼任多部國片發行行銷顧問，最新評論與業界作品散見於各雜誌、網路媒體，與個人 FB 粉專「艾爾的韓影視界」。

관점

VIEW

未生 미생
- 閱讀更多：困頓求職市場難以改變

請回答 1988 응답하라 1988
- 閱讀更多：1988 年對韓國的意義？

信號 시그널
- 閱讀更多：《殺人回憶》與華城連續殺人案件

天空城堡 SKY 캐슬
- 閱讀更多：畸形的教育熱現象

請輸入檢索詞 WWW 검색어를 입력하세요 WWW
- 閱讀更多：女性角色在韓劇裡的轉變

愛的迫降 사랑의 불시착
- 閱讀更多：《愛的迫降》中北韓設定貼近事實

機智醫生生活 슬기로운 의사생활
- 閱讀更多：醫療政策隨國力改善

雖然是精神病但沒關係 사이코지만 괜찮아
- 閱讀更多：韓國精神病院逐漸增加

＊本章節韓文撰稿者｜趙叡珍

韓國人，國立台灣師範大學華語文教學研究所畢業，現任各大學機構韓語講師。著有《韓語 40 音速成班》、《收藏！儲存！非學不可的生活韓語 150 篇》、《1 天 10 分鐘從零基礎變身韓語通》等書，並經營 Facebook 粉絲專頁「跟趙老師一起學習韓國語」。

01

미생

《未生》

#2014　#20 集　# 漫畫改編、省思、職場

一集約 60~90 分鐘

길이란 걷는 것이 아니라 걸으면서 나아가기 위한 것이다. 나아가지 못한 길은 길이 아니다. 길은 모두에게 열려 있지만, 모두가 그 길을 가질 수 있는 건 아니다.

路不是用來走的，是用來前進的。無法讓人前進的路就不算是路。雖然道路向所有人敞開，卻不是每個人都能踏上那條路。

戲劇介紹 🔊 21

< 미생 > 이라는 이 드라마의 제목이 처음 나왔을 때는 한국 사람이라고 할지라도 무슨 뜻인지 바로 모르는 사람들이 많았다. 그 이유는 미생이란 단어가 일상 생활에서 흔하게 사용하는 단어가 아니라 바둑에서 유래한 단어이기 때문이다. 바둑에서 미생은 생사가 불분명한 바둑돌의 무리를 말하는데, 반대말은 완생이라고 한다. 드라마 < 미생 > 의 주인공이 바둑 기사였던 점과 후에 일반 직장 생활을 하게 되면서 고군분투하는 모습을 이 '미생'이라는 단어 하나로 잘 표현하였다. < 미생 > 은 먼저 웹툰이 대히트를 치면서 후에 드라마로 만들어지게 되었다. 웹툰 < 미생 > 은 시즌 1 과 시즌 2 로 나누어져 있는데, 드라마는 이 중 시즌 1 의 내용을 주로 하여 만들어졌다. 그렇기 때문에 원작과 드라마의 내용이 완전히 같지는 않고 상황에 따라서 등장인물이나 스토리가 조금씩 다르다. 예를 들어, 원작에서는 주인공 장그래가 사장의 백으로 들어온 것을 다른 인턴들이 몰랐지만 드라마에서는 그것이 공개되는 바람에 다른 인턴들이 대놓고 차별하는 원인을 만들어 주었다. 그리고 드라마가 유행을 하자 그 배경이 되는 회사 건물도 사람들의 주목을 받게 되었는데, 드라마에서도 자주 등장하는 금색 건물이다. 이 건물은 1990 년대 한국의 대기업이었던 '대우'의 소유였지만, 지금은 빌딩 이름이 Seoul Square 로 바뀌었다. 서울역 근처를 구경할 때 지나칠 수 없는 건물이다.

《未生》這個劇名首次登場時，許多韓國人也不懂它的意思。因為未生這個詞並不是日常生活中的常用詞彙，而是源自圍棋術語。圍棋中的未生，指的是生死未卜的棋子，而反義詞則稱作完生。「未生」這個詞，將電視劇《未生》的主角曾是圍棋棋士的這點，和他後來投入一般職場生活，孤軍奮戰的樣子詮釋得很好。《未生》是先以漫畫走紅，後來才被製作成戲劇的。網漫《未生》分為第 1 季和第 2 季，不過電視劇主要改編的是第 1 季的劇情，因此原作和電視劇的內容並不是完全一樣，登場人物或劇情都依情況稍有不同。舉例來說，在原作中，其他實習生並不曉得主角張克萊是靠社長關係進入公司的，可是電視劇公開了這一點，創造出其他實習生公然歧視他的原因。而電視劇蔚為流行之後，作為拍攝場景的公司建築也受到眾人矚目，就是經常在劇中登場的金色建築物。這棟建築物是 1990 年代曾為韓國大企業的「大宇」所有，現在大樓的名稱已改為 Seoul Square。是到首爾車站附近參觀時，不可錯過的建築物。

單字

- 유래하다〔**由來 --**〕：動詞 流傳、源自
- 생사〔**生死**〕：名詞 生死
- 불분명하다〔**不分明 --**〕：形容詞 不清楚
- 고군분투하다〔**孤軍奮鬪 --**〕：動詞 孤軍奮戰
- 웹툰〔webtoon〕：名詞 網路漫畫
- 대히트를 치다〔**大 hit ---**〕：大獲成功、走紅
- 시즌〔season〕：名詞 季
- 빽〔back〕：名詞 背景、關係、後台
- 인턴〔intern〕：名詞 實習生
- 대놓고：副詞 當面、公然
- 차별하다〔**差別 --**〕：動詞 歧視、差別待遇
- 소유〔**所有**〕：名詞 所有物

명대사 經典台詞 🔊 22

버텨라, 그것이 이기는 것이다. 우리는 아직 다 미생이다.

撑下去，那就是贏了，我們目前都還是未生。

뭔가 하고 싶다면 일단 너만 생각해. 모두를 만족시키는 선택은 없어. 그 선택에 책임을 지라고!

如果想做什麼事，先考慮你自己就好。讓所有人都滿意的選擇是不存在的。你要為你的選擇負起責任！

잊지 말자! 나는 어머니의 자부심이다. 모자라고 부족한 자식이 아니다.

不要忘了！我是媽媽的驕傲，不是不成材又沒出息的孩子。

회사가 전쟁터라고? 밀어낼 때까지 그만두지 마라, 밖은 지옥이다.

職場如戰場？除非被轟出去，否則別自己辭職，外頭才是地獄啊。

사람이 전부입니다. 하나부터 열까지 우리가 놓치지 말아야 할 건 사람이라고요. 일을 하는 사람, 일을 만들 줄 아는 사람.

人就是一切。從頭到尾，我們最不該錯失的就是人。工作的人、會找事做的人。

'회사 간다'라는 건 내 '상사'를 만나러 가는 거죠. 상사가 곧 회사죠. 상사가 좋으면 회사가 천국! 상사가 엿같으면 회사가 지옥!

「去公司」就是去見「上司」嘛，上司就是公司。遇到好上司，公司就是天堂！遇到爛上司，公司就是地獄！

더할 나위 없었다. YES!

好到不能再好了。YES！

閱讀更多 ●━● ◁») 23

< 미생 > 이란 드라마가 방영되고 나서 한국에서 회사를 다니던 수많은 회사원들이 바로 반응을 보였다. 다들 본인이 장그래로 환생한 듯 드라마에 공감을 하고 몰입을 하였으며 이에 따라 입소문을 타고 직장인들 사이에서 미생 광풍을 불러 일으키게 되었다. 이 드라마는 직장인의 애환과 현대인의 삶을 매우 잘 보여준 작품이라 평가 받고 있다. 로맨스를 위주로 스토리를 진행하는 평범한 드라마를 벗어나 말단 인턴이라는 매우 현실성 있는 캐릭터가 주목을 받은 큰 이유라고 볼 수 있다. 게다가 주인공 장그래는 그나마 취직을 했으니까 다행인 편이기도 하다. 그리고 장그래도 그 사실을 알기 때문에 회사 생활이 힘들더라도 그곳에서 어떻게든 버텼는데, 바로 그 모습이 일반 회사원들의 많은 공감을 얻었다.

현재 한국 사회에서는 젊은 세대에게는 취직 자체가 인생의 유일한 목표로 여겨지고 있는 상황이다. 그렇기에 최근 10 년전부터는 3 포세대, 5 포세대와 같은 단어들이 유행하기 시작하였다. 처음에 나온 단어는 3 포세대였다. 3 포는 세 가지 것을 포기한 세대라는 뜻인데, 바로 '연애, 결혼, 출산'을 포기한 세대라는 뜻이다. 나중에 '취업'과 '집을 사는 것'까지 포기한다는 것을 더하여 5 포세대라고 부르기 시작하였다. 방탄소년단의 노래 가사에도 이와 관련된 내용이 나온다. "3 포

세대 5 포 세대, 그럼 난 육포가 좋으니까 6 포 세대. 언론과 어른들은 우리가 의지가 없다며 우릴 싹 주식처럼 매도해. 왜 해 보기도 전에 죽여 걔넨 enemy enemy enemy. 왜 벌써부터 고개를 숙여 받아 energy energy energy 절대 마 포기 you know you not lonely."

현대 한국의 경제는 한국 전쟁으로 붕괴되었지만 1970 년대부터 1990 년대 초반까지는 급성장하였기에 취업이 어렵지 않은 편이었다. 하지만 1997 년 외환위기 이후 상황은 급반전되었다. 사람들이 원하는 일자리는 줄어들었는데, 특정 직업군의 구직자는 늘었기 때문에 취업을 위해 스펙 쌓기를 시작하였다. 여기서 스펙은 주로 대학교 졸업장, 영어 점수, 어학연수, 기타 자격증을 의미한다. 그리고 이 스펙은 본인의 능력도 중요하지만 부모의 소득 수준이나 기타 환경이 미치는 영향을 무시할 수 없다. 이에 무기력함을 느끼는 젊은 층이 많다. 정부에서도 이 문제에 주목하여 청년, 여성, 중장년, 장애인, 외국인 등 구직활동에 어려움을 겪는 계층에 도움을 주고자 하지만 효과를 느끼려면 더 시간이 필요한 것으로 보인다.

《未生》這部電視劇播出後，許多韓國上班族立即反應熱烈。大家對劇情有所共鳴且投入，彷彿自己轉世成為張克萊一樣，因此，在口耳相傳下，上班族之間掀起一陣未生旋風。此劇被評為「極貼切詮釋出上班族的悲歡與現代人生活的作品」，跳脫了劇情以愛情為主的平凡電視劇，最底層實習生這個非常真實的角色可謂是此劇受到矚目的一大原因。畢竟主角張克萊有找到工作就算慶幸了，而且他自己也很清楚這個事實，所以儘管職場生活辛苦，還是想辦法撐了過去，他的那副模樣獲得了許多上班族的共鳴。

當今韓國社會中，年輕世代將找到工作視為人生的唯一目標，因此從 10 年前，便開始流行 3 拋世代、5 拋世代這些詞彙。最一開始出現的詞彙是 3 拋世代。3 拋代表著拋棄三種東西的世代，也就是放棄「戀愛、結婚、生子」的世代。後來再加上放棄「就業」和「買房」，就開始稱作 5 拋世代了。防彈少年團的歌詞也提及了相關內容。「3 拋世代／ 5 拋世代／那我愛吃肉乾／就是 6 拋世代了／媒體和長輩都說我們沒毅力／把我們當成股票出售／為何還沒嘗試　他們就要扼殺／ enemy enemy enemy ／為何已經開始低頭認份／ energy energy energy ／絕對不要放棄／ you know you not lonely」

現代韓國經濟雖曾因韓戰而崩潰，但在 1970 年代至 1990 年代初期急遽成長，所以就業並沒有那麼困難。然而，在 1997 年的外匯危機過後，情況突然逆轉。由於人們渴望的工作機會減少，特定職種的求職者增加，人們開始為了就業累積條件。這裡的條件主要指大學畢業證書、英檢分數、語言進修與其他證照。而且在履歷中，本人能力固然重要，但父母的所得水準或其他環境造成的影響也不容忽視。許多年輕族群為此感到無力。雖然政府也關注到這個問題，並致力於對年輕人、女性、中壯年、身心障礙人士與外籍人士等等，在求職環境中經歷困難的族群提供幫助，但看來還需要一段時間，才能感受到效果。

單字

- **환생하다**〔還生 --〕：動詞 重生、轉世
- **몰입하다**〔沒入 --〕：動詞 投入、沉浸
- **입소문을 타다**：口耳相傳
- **광풍**〔狂風〕：名詞 狂風、旋風
- **일으키다**：動詞 引起、掀起
- **애환**〔哀歡〕：名詞 悲歡
- **말단**〔末端〕：名詞 基層
- **그나마**：副詞 但也是、至少有
- **버티다**：動詞 堅持
- **자체**〔自體〕：名詞 本身、自身
- **여겨지다**：動詞 （被）視為、當作

- **육포**〔肉脯〕：名詞 肉乾（文章中的歌詞是為呼應 3〔삼〕포、5〔오〕포，將數字 6「육」與포合併）
- **싹**：副詞 全、都、一口氣
- **주식**〔株式〕：名詞 股票、股份
- **매도하다**〔賣渡 --〕：動詞 銷售、出售
- **붕괴되다**〔崩壞 --〕：動詞 崩壞、崩潰
- **급성장하다**〔急成長 --〕：動詞 急速成長
- **직업군**〔職業群〕：名詞 職業群、職種
- **스펙**〔specification〕：名詞 條件、履歷、學經歷
- **무기력하다**〔無氣力 --〕：形容詞 無力、軟弱、沒有活力

 會話 ◁)) 24

A : 취업 준비는 잘 되가요 ?

B : 취업하기가 여간 어려운 게 아니에요 .

A : 역시 대만도 취직이 어렵군요 . 요즘 전세계적으로 경기가 좋지 않다 보니 취업하는 게 쉽지 않겠지요 .

B : 맞아요 . 저 이렇게 계속 취직이 안 되다가는 조만간 손가락만 빨 게 뻔해요 .

A : 손가락만 빤다는 표현은 어디서 배웠어요 ? 한국어를 이렇게 잘하는데 걱정 마세요 . 금방 좋은 직장을 구할 수 있을 거예요 .

B : 저도 그랬으면 좋겠네요 . 그리고 직장이 너무 안 멀었으면 좋겠어요 . 출퇴근이 힘들면 못 다닐 것 같아요 .

A : 일단 합격하고 생각하는 것도 늦지 않아요 . 하하하 !

A : 你準備找工作還順利嗎 ?

B : 找工作不是普通的難。

A : 原來在台灣也很難找到工作啊。最近全世界的經濟都不景氣，找到工作應該不容易吧。

B : 對啊，要是我一直找不到工作，肯定遲早要喝西北風。

A : 你是在哪裡學到「喝西北風」這種說法的 ? 你韓文這麼好，不用擔心啦，應該很快就能找到好工作了。

B : 我也希望如此。而且我希望公司不要太遠，如果通勤很累，我應該做不下去。

A : 先錄取再來思考也不遲啊，哈哈哈 !

文法 ◁)) 25

A/V-(으) ㄹ 게 뻔하다 肯定會 A/V

【 說明 】

이 표현은 지금까지의 상황을 볼 때 앞으로 발생할 일이 눈앞에 보이는 것과 같이 분명하거나 예상될 때 사용한다 . 특히 좋지 않은 결과가 발생할 것 같을 때에 사용한다 .

用在「檢視目前情況時，未來將發生的事情清楚如眼前所見，或是能預料到」的時候。特別常用在「感覺糟糕的結果會發生」的時候。

【 例句 】

1. 만약에 제가 지금 이 일을 도전하지 않는다면 나중에 후회할 게 뻔해요 .

   要是我現在不挑戰這件事，以後肯定會後悔。

2. 요즘 비혼을 결정하는 젊은 사람들이 많이 늘었어요 . 이렇게 가다가는 인구가 줄 게 뻔해요 .

   最近不婚的年輕人大增，再這樣下去，人口肯定會減少。

延伸單字 🔊 26

N 포세대　N 拋世代

3 포세대 , 5 포세대 , 7 포세대…라는 단어가 줄줄이 나오자 마침내 N 포세대라는 말이 등장하였다 .

3 拋世代、5 拋世代、7 拋世代……這些詞彙相繼出現，最終，N 拋世代這種說法就登場了。

니트족　〔NEET 族〕尼特族

니트족은 일하지 않고 일할 의지도 없는 청년 무직자를 뜻하는 신조어로 , 'Not in Education, Employment or Training' 의 줄임말이다 .

尼特族是指不工作，也無意工作的年輕無業者的新詞，是「Not in Education, Employment or Training」的縮寫。

열정페이　熱情 Pay

열정페이는 말만 들으면 좋은 단어 같지만 , 사실은 무급 또는 아주 적은 월급을 주면서 취업준비생을 착취하는 행태를 꼬집는 말이다 .

熱情 Pay 這種說法，乍聽之下像是褒義詞，但它其實是在挖苦給予無酬或是非常低的薪水，壓榨求職者的行為。

스펙을 쌓다　〔specification---〕累積條件（學經歷）

대학교 때부터 스펙을 쌓는다는 것도 옛말이에요 . 지금은 중고등학교 때부터 시작해요 .

從大學開始累積條件已經是過去式了，現在國高中就要開始。

낙타가 바늘 구멍 들어가기　駱駝穿過針孔，比喻「非常困難」

요즘 사람 뽑는 회사가 없어요 . 취업하는 게 낙타가 바늘 구멍 들어가기보다 더 어려운 것 같아요 .

最近沒有公司徵人，感覺要就業比駱駝穿過針孔還難。

비정규직　〔非正規職〕非正職員工

비정규직들에게 가장 큰 문제는 바로 고용 불안정입니다 . 언제라도 실업자가 된다는 것이 가장 큰 걱정거리입니다 .

非正職員工面臨的最大問題就是受僱狀況不穩定，某天會失業是他們最大的憂慮。

청년실업　青年失業

한국통계청에 따르면 2020 년 12 월 청년 실업률은 8.1% 로 약 32 만 2 천 명이 실업자이다 .

韓國統計廳指出，2020 年 12 月的青年失業率為 8.1%，約有 32 萬 2 千名失業者。

최저임금　〔最低賃金〕最低工資

2021 년에 인상된 최저임금은 시간당 8,720 원입니다 .

2021 年提高的最低工資是每小時 8,720 韓元。

취준생 ('취업준비생' 의 준말)　準求者（「準備求職者」的縮寫）

저만 빼고 제 친구들은 다 취준생이에요 . 그래서 항상 밥을 먹으면 제가 밥을 사는 편이에요 .

除了我以外，我的朋友都是準求者，所以聚餐總是由我請客。

아프니까 청춘이다　疼痛，才叫青春

유행어 "아프니까 청춘이다" 는 원래는 책 제목이었어 .

流行語「疼痛，才叫青春」本來是書名。

이태백　二多無業（為「이십대 태반은 백수 (二十幾歲多半是無業遊民)」的縮寫，和唐代詩人李太白為同音異義詞）

명문대를 나왔거나 고등학교만 졸업했거나 다 똑같은 이태백이네 .

不管是名校畢業，還是只有高中畢業，都一樣是二多無業。

이직하다　離職

지금 다니는 회사 정말 별로야 . 1 년만 채우고 이직할 생각이야 .

我現在上班的公司真的不怎麼樣，我打算待滿 1 年就離職。

이력서　履歷表

이력서에 꼭 쓰는 항목은 학력과 경력 그리고 자격증 등이 있다 .

履歷表上一定要寫到的項目是學歷、經歷和證照等等。

자소서 ('자기소개서' 의 준말)　自介（「自我介紹文」的縮寫）

자소서는 말 그대로 자기를 소개하는 글인데 , 요즘은 자소서도 대신 써 주는 회사가 있다고 하네요 .

自介顧名思義，就是介紹自己的文章，聽說最近還有替人代寫自介的公司呢。

신입사원　〔新入社員〕新進員工

이번에 신입사원이 15 명이나 들어와서 다음 주 교육 준비로 바빠요 .

這次會進來 15 個新進員工，所以忙著準備下週的訓練。

경력사원　〔經歷社員〕資深人員，資深員工

저 이번에 새로 들어간 회사는 경력사원으로 들어가서 월급이 전보다 좀 올랐어요 .

我這次是以資深人員的身分加入新公司的，所以薪水比之前高一些。

소확행　小確幸

무라카미 하루키의 에세이에서 '소확행' 이라는 단어가 처음 쓰였는데 , 바쁜 일상에서 느끼는 작은 즐거움을 나타내는 말이다 .

「小確幸」一詞在村上春樹的專欄隨筆首次被提及，是將忙碌日常中感受到的微小幸福表現出來的詞。

욜로　YOLO（活在當下，及時行樂）

요즘 젊은이들의 자신의 행복을 위해 소비하는 태도를 '욜로' 라고 말하는데 , 이 말은 'You Only Live Once' 의 앞 글자를 딴 말이다 .

最近的年輕人為了自身幸福而消費的態度被稱作「YOLO」，這是取「You Only Live Once」的第一個字母組成的詞。

비혼주의자　不婚主義者

저는 결혼이 필수가 아니라 선택이라고 생각해요 . 저랑 제 남자친구 다 비혼주의자예요 .

我認為結婚並不是必要，而是一種選擇。我跟我男友都是不婚主義者。

비출산　〔非出産〕不生小孩

한 결혼정보회사에서 미혼 여성과 남성 각각 500 명씩 총 1000 명을 대상으로 조사한 결과에 따르면 여성 3 명 중 1 명은 비출산을 원한다고 한다 .

某婚友社分別針對 500 名未婚女性和未婚男性共 1000 名進行調查的結果顯示，每 3 名女性，就有 1 名希望能不生小孩。

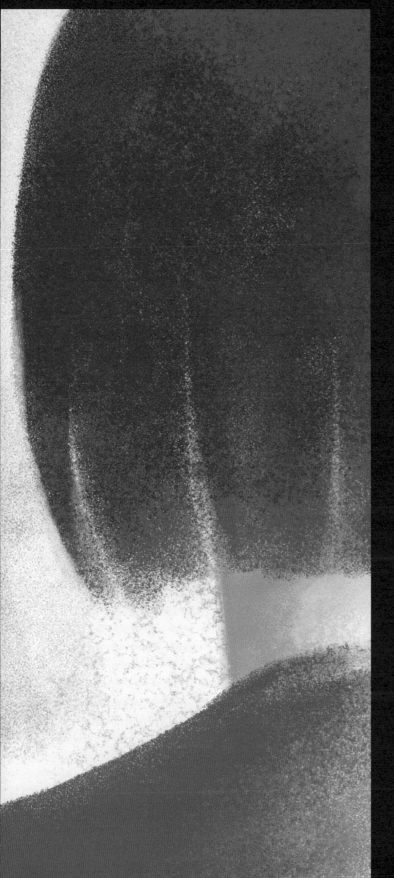

02

응답하라
1988

《請回答 1988》

#2015 #20 集 # 感人、浪漫、家庭

一集約 70~110 分鐘

누가 누구를 좋아하는지 알려면 눈을
보라고 그러더라 . 눈빛은 거짓말을 못
하거든 . 특히 너는 바로 보여…

聽說，如果想知道別人喜歡的對象，就去觀
察他的眼神，因為眼神是不會說謊的。尤其
是你的眼神，一眼就能看出來了……

戲劇介紹 🔊 27

<응답하라 1988>은 tvN 에서 2015 년에 방영한 드라마로, 응답하라 시리즈의 세 번째 작품이며, 이전 시리즈를 제작한 신원호 피디가 제작하였다. 1988 년의 서울 도봉구 쌍문동 봉황당 골목을 배경으로 따뜻한 가족간의 사랑과 다섯 친구들 사이의 우정에 대한 이야기를 그렸다. 그리고 이전 시리즈와 마찬가지로 여자 주인공의 결혼 상대가 누구인지 알아 맞추는 것이 드라마를 보는 또 다른 재미였다. 그리고 앞에 이미 1997 과 1994 시리즈가 상당히 흥행에 성공하였기 때문에 1988 을 기획하고 배우를 캐스팅할 때에도 고민이 많았다고 한다. 아버지와 어머니 역은 본래 고정이 되어 있었지만 그 외의 배우들은 대부분 티브이에서 보기 힘들었지만 실력은 누구보다 출중한 배우들로 뽑았다. 그리고 주연을 맡은 배우 이혜리는 마지막까지도 고민을 가장 많이 한 배우였다고 한다. 하지만 방영 후에는 누구보다도 성덕선의 연기에 빠지지 않을 수 없었다. 특히 장녀와 막내 남동생에 끼인 서러운 둘째 딸 역할에 공감하는 사람들이 많았다고 한다. 남편 찾는 것에 비중이 많았던 전 두 편에 비해 1988 은 사랑이야기와 가족이야기가 적절히 나와서 세대에 상관없이 남녀노소 다 좋아하는 드라마가 되었다. 이에 2016 년에 끝날 때에는 tvN 이 만들어진 후 최고의 시청률을 기록하게 되었다.

《請回答 1988》是 tvN 在 2015 年播出的戲劇,亦是請回答系列的第三部作品,由製作過往系列作的申元浩 PD 操刀製作,以 1988 年的首爾道峰區雙門洞鳳凰堂巷弄為背景,刻畫出溫馨的親情之愛,以及五位朋友間的友情。而且此劇和過往的系列作一樣,猜測女主角的結婚對象是誰,又是另一種看劇的樂趣。此外,據說 1997 和 1994 系列成功大受歡迎,導致製作方在策畫 1998 和選角時十分苦惱。雖然父親和母親的角色本來就是固定的,而其他演員大多難以在電視上看到,不過選出的演員實力都無比傑出。而且,據說擔綱主角的演員李惠利,是製作方糾結最久,到最後才決定的演員,但在播出之後,她飾演的成德善,最讓人不禁著迷,聽說,許多人對於夾在長女和么子中間的委屈次女角色特別有共鳴。和尋找老公的比重較大的前兩部戲相比,1988 的愛情戲和家庭戲分配得宜,所以成了不分世代的男女老少都喜愛的劇。因此,它在 2016 年即將完結之際,創下了 tvN 開台後的最高收視率紀錄。

單字

- 방영하다〔放映 --〕: 動詞 播放、放映
- 시리즈(series): 名詞 系列
- 골목: 名詞 巷弄、巷子
- 우정〔友情〕: 名詞 友情、友誼
- 상대〔相對〕: 名詞 對手、對象、相對
- 상당히〔相當 -〕: 副詞 相當地、頗
- 캐스팅하다(casting--): 動詞 選角

- 역〔役〕: 名詞 角色
- 티브이〔TV〕: 名詞 電視
- 출중하다〔出衆 --〕: 形容詞 出眾、傑出
- 끼이다: 動詞 夾住、插入、附著
- 서럽다: 形容詞 委屈、悲傷、難受
- 공감하다〔共感 --〕: 動詞 產生共鳴
- 적절히〔適切 -〕: 副詞 合適、適當地

명대사 經典台詞 🔊 28

잘 몰라서 그래. 이 아빠도 태어날 때부터 아빠가 아니잖아…아빠도 아빠가 처음이니까…그러니까 우리 딸이 좀 봐줘…

是爸爸不太了解。我也不是天生就是爸爸……也是第一次為人父親……所以女兒妳就原諒我嘛……

사랑한다는 건 미워하지 않는다는 의미가 아니라 결코 미워할 수 없다는 뜻인 거야.

所謂的愛，並不是不去討厭，而是根本就討厭不了。

말은 마음을 담는다. 그래서 말에도 체온이 있다.

話語承載著心意，所以話語也有溫度。

세상에서 나를 지켜줄 수 있는 건 내 사람들뿐이다. 익숙하고 편안한, 오랜 내 사람들, 그래서 사랑하지 않을 수 없다.

在這世上，就只有我的人會守護我，他們令人熟悉、安心又伴我已久，所以我無法不愛他們。

아빠, 저는 아빠가 저 없을 때도 따뜻한 밥 드셨으면 좋겠어요. 아빠 인생이에요. 전 아빠가 행복했으면 좋겠어요. 아빠가 행복하면 전 다 좋아요.

爸，我希望我不在的時候，你也能吃著熱騰騰的飯菜。這是你的人生，我希望你過得幸福。看到你幸福，我就開心。

행복한 착각에 굳이 성급한 진실을 끼얹을 필요는 없다. 가끔은 착각해야 행복하다.

不必急著用真相潑醒幸福的錯覺，有時就是要有錯覺，才令人幸福。

새로운 관계를 꿈꾼다면, 사랑을 꿈꾼다면, 선을 넘어야만 한다. 선을 지키는 한, 그와 당신은 딱 거기까지일 수밖에 없다.

如果夢想著新的關係、夢想著愛情，就必須跨越那條線。只要你還死守著線，他跟你就只能停留在那裡。

閱讀更多 👓 🔊 29

　< 응답하라 1988> 드라마는 배경이 전작인 1997 과 1994 와는 다르게 1980 년대를 배경으로 하고 있다 . 아이돌 1 세대 팬의 이야기를 다룬 < 응답하라 1997> 과 1994 년도 농구대잔치의 대유행을 소재로 한 < 응답하라 1994> 에서는 주요 인물들의 러브스토리와 여주인공의 남편 찾기를 중점으로 이야기를 했다면 , < 응답하라 1988> 에서는 여주인공의 남편 찾기는 그대로 이어가면서 다른 서브 조연들의 비중이 늘고 가족 이야기가 이전 작품들보다는 더욱 중요하게 나오게 되었다 .

　한국 사회에서 1980 년대부터 1990 년대는 사회가 역동적으로 변화하는 시대였다 . 한국 전쟁 이후 정신 없던 시기가 지나고 1970 년대부터 시작된 경제 부흥 운동을 통하여 살 만해졌다고 말하던 시기이기도 하다 . 그렇다면 왜 드라마는 꼭 집어서 1988 년을 선택했을까 ? 그 이유는 한국의 1988 년은 상징적인 해이기 때문이다 . 드라마 앞 부분에서 나오듯이 ‘ 서울올림픽 ’ 이 개최됨으로서 한국이 한국 전쟁으로 피폐하던 나라에서 성공적으로 일어섰음을 보여주려고 하였다 . 이는 대한민국 정부 수립 이후 가장 큰 국제적인 이벤트였다 . 정치적으로도 민주화운동으로 전두환 전 대통령이 물러나고 국회에서도 처음으로 ‘ 청문회 ’ 가 시작하게 되었다 . 그리고 한국에서는 1988 년을 다른 말로 ‘ 쌍팔년도 ’ 라고 자주 지칭하는데 1980 년대를 포괄적으로 가

르키는 말로 ‘ 구식적인 , 구시대 ’ 를 뜻한다 . 하지만 드라마에서는 앞에서 말한 뜻보다는 지금과 비교했을 때 경제적으로는 부족했을지라도 정신적으로는 더 풍요로웠다는 뜻으로 1988 년도를 사용하는 것 같다 . 특히 골목길에서 아줌마 3 인방이 ‘ 밥 먹어 ’ 라며 아들과 딸을 부를 때와 음식을 나눠 먹는 모습은 그 시대를 살아보지 않았던 사람들이라도 쉽게 따뜻함을 느낄 수 있을 정도이다 .

　주거 방식도 현재의 한국 모습과 다른 점이 많다 . 지금은 대부분의 사람들이 아파트에서 사는 것을 선호하며 사생활을 중요시한다 . 하지만 드라마의 배경인 쌍문동은 과거 1970-90 년대에 서울의 서민들이 많이 모여 사는 서울의 외곽 지역이었고 그 당시에는 아파트보다는 단독 주택이 많았으며 잘살지도 못살지도 않는 평균적인 사람들이 모여 사는 곳의 대표였다 . 이 드라마뿐만 아니라 한국의 유명한 만화영화 < 아기공룡 둘리 > 의 배경도 바로 이곳 쌍문동이라고 한다 .

　　《請回答 1988》的戲劇背景有別於前作的 1997 和 1994，是以 1980 年代為背景。如果說，講述第 1 代偶像粉絲故事的《請回答 1997》，還有以 1994 年的籃球大賽風潮為素材的《請回答 1994》，都將重點擺在人物的愛情故事，以及女主角找老公的部分，那麼《請回答 1988》則是延續了女主角找老公的橋段，增加其他配角的比重，家庭故事也變得比過往作品還重要。

　　從 1980 年代到 1990 年代，是韓國社會經歷動盪的時期，也是在韓戰結束、令人昏頭轉向的時期過去後，透過 1970 年代開始的經濟復興運動，讓生活變好過的時期。那麼，為何電視劇非要挑選 1988 年呢？那是因為，韓國的 1988 年是象徵性的一年。就如同戲劇前段部分出現的「首爾奧運」舉辦，使得韓國這個原先因韓戰而疲弱的國家，成功展現出崛起之姿，這是大韓民國政府成立後最國際化的活動。在政治方面，民主化運動導致前總統全斗煥退位，國會也首次開始「聽證

會」。此外，韓國常用另一種說法，稱 1988 年為「雙八年度」，這是統稱 1980 年代的說法，代表著「老式的、舊時代」的意思。不過在劇中，相較於前述的意思，似乎是基於「即使當時的經濟較現在不景氣，精神卻更為富足」的含義，才會選用 1988 年度。特別是大嬸三人幫在巷弄中對兒女喊著「吃飯了」，以及眾人分食東西的模樣，讓沒有經歷過那個時代的人，也能輕易地感覺到溫馨。

　　而戲裡的居住方式，也有許多地方和韓國現在的模樣不同。現今大部分的人都偏好住在大樓，也重視私生活，可是劇中的背景雙門洞，是 1970-1990 年代的首爾庶民集居的首爾外城地區，當時的獨棟住宅比大樓多，是過得不上不下的中層人民集居地的代表。聽說不只這部戲，韓國知名動畫電影《小恐龍多利》的背景也是雙門洞。

單字

- 전작〔前作〕：名詞 前作、以前的作品
- 농구대잔치〔籠球大잔치〕：名詞 籃球盛宴、籃球大賽
- 러브스토리〔love story〕：名詞 愛情故事
- 서브〔sub〕：名詞 輔助、次要
- 조연〔助演〕：名詞 配角
- 역동적〔力動的〕：名詞 冠形詞 積極的、充滿活力的、動態的
- 부흥〔復興〕：名詞 復興、再造、重建
- 집다：動詞 夾、撿、拾
- 상징적〔象徵的〕：名詞 冠形詞 象徵的、代表性的
- 개최되다〔開催 --〕：動詞 （被）舉行、舉辦
- 피폐하다〔疲弊 --〕：動詞 衰退、荒廢
- 일어서다：動詞 起立、起身、站起來
- 수립〔樹立〕：名詞 樹立、建立
- 물러나다：動詞 退休、退下、鬆脫
- 국회〔國會〕：名詞 國會
- 청문회〔聽聞會〕：名詞 聽證會
- 지칭하다〔指稱 --〕：動詞 指稱、稱呼
- 포괄적〔包括的〕：名詞 冠形詞 包括的、整體的
- 구식적〔舊式的〕：名詞 冠形詞 老式的、舊式的
- 선호하다〔選好 --〕：動詞 偏愛、喜好
- 중요시하다〔重要視 --〕：動詞 重視、注重
- 서민〔庶民〕：名詞 庶民、老百姓
- 외곽〔外廓 / 外郭〕：名詞 外城、外圍
- 평균적〔平均的〕：名詞 冠形詞 平均的

會話 🔊 30

A : 저는 사실 1988 년에 태어나지 않았지만 < 응답하라 1988> 을 보면서 그 따뜻한 이야기에 힐링이 많이 되었어요 . 그리고 그 당시의 아날로그적 감성이 너무 좋더라고요 .

B : 맞아요 . 유행은 돌아온다고 하잖아요 . 복고풍 아이템들도 너무 예뻤어요 .

A : 그리고 저는 처음에 박보검이 아니라 류준열을 응원했거든요 . 하하하하 ! '어남류'라는 유행어도 있었잖아요 .

B : 아 ~ 저도 그 말 알아요 . '어차피 남편은 류준열'의 준말이잖아요 . 전 '어남택'이었어요 .

A : 결국은 덕선이랑 택이가 결혼했지만 제 마음 속에서는 류준열이야말로 최애 캐릭터예요 .

A : 其實 1988 年的時候，我還沒出生，可是我看《請回答 1988》時，也大大地被溫馨的故事療癒了。而且當時那種復古懷舊的感覺真的很棒耶。

B : 對啊，人家都說流行會繞回來嘛。復古風的單品也超好看的。

A : 而且我一開始還不是幫朴寶劍加油，是幫柳俊烈加油的耶。哈哈哈哈！不是還有「反公柳」這句流行語嗎？

B : 哦，我也知道那句話，那是「反正老公會是柳俊烈」的簡稱嘛，我以前是「反男澤」的。

A : 雖然最後是德善跟小澤結婚，但柳俊烈才是我心中最愛的角色。

文法 🔊 31

N(이) 야말로 N 才

【說明】
앞에 나온 명사가 다른 무엇보다 최고라는 의미를 나타내고 싶을 때 사용한다 .
用在想要表示「前方出現的名詞勝過其他東西」的時候。

【例句】
1. 재미있는 **드라마야말로** 한국어 공부할 때 가장 좋은 교재라고 말할 수 있다 .
　 好看的韓劇才稱得上是讀韓文時最棒的教材。

2. **타이베이 101 빌딩이야말로** 타이베이를 대표하는 랜드마크이다 .
　 台北 101 才是代表台北的地標。

延伸單字 🔊 32

복고풍 復古風
요즘 복고풍 패션이 유행이라서 이 부츠를 샀는데, 어때요? 잘 어울려요?
最近流行復古風時尚，所以我買了這雙靴子，怎麼樣？適合我嗎？

쌍팔년도 雙八年度
쌍팔년도는 1988년도를 가르키지만, 지금은 현재를 기준으로 구시대를 뜻하는 말이다.
雙八年度指的是 1988 年代，但現今則是以目前為基準，來表示舊時代。

골목길 巷弄
늦은 밤에는 좁고 어두운 골목길보다는 가로등이 있는 큰 길로 다니는 것이 좋아요.
深夜時段，走有路燈的大馬路上，比狹窄又陰暗的巷弄好。

벼락부자 〔-- 富者〕 暴發戶
제 친구가 로또 1등에 당첨되어서 벼락부자가 됐어요. 정말 부러워요.
我朋友中樂透頭獎，變成了暴發戶，真令人羨慕。

금은방 〔金銀房〕 銀樓
한국에서는 아이의 첫 생일에 금반지를 선물하는 풍습이 있어서, 금은방에 가면 귀여운 아기 반지를 구경할 수 있어요.
韓國有著在孩子的第一個生日送金戒指當禮物的習俗，所以去銀樓可以看到可愛的嬰兒戒指。

심부름 雜事、跑腿
엄마가 심부름을 시켜서 마트에 다녀 와야 해요.
媽媽叫我去跑腿，所以我得去超市一趟。

월급봉투 〔月給封套〕 薪資袋
지금은 월급이 통장으로 바로 들어오지만, 어렸을 때는 아버지께서 다달이 월급봉투를 가지고 오셨어요.
現在的薪水會直接匯入戶頭，不過在我小時候，爸爸每個月都是拿薪資袋回來的。

바둑을 두다 下圍棋
제 아버지는 심심할 때마다 컴퓨터로 바둑을 두세요.
每當我爸爸無聊時，他也會用電腦下圍棋。

바둑 기사 〔-- 棋師 / 碁師〕 圍棋棋士
<응답하라 1988>의 주인공 최택의 모티브가 된 인물은 바로 이창호 프로 바둑 기사이다. 그는 바둑 역사상 최연소 바둑 챔피언으로 유명하다.
《請回答 1988》主角崔澤的原型人物就是李昌鎬職業圍棋棋士，他以圍棋史上最年輕的圍棋冠軍聞名。

기원 〔棋院 / 碁院〕 棋院
1980년대부터 한국에서 바둑이 전국적으로 유행을 해서 동네마다 기원이 하나씩은 있었다.
從 1980 年代開始，韓國全國開始流行圍棋，所以每個社區都有一間棋院。

청청패션 〔--fashion〕 全身牛仔穿搭
위에는 청재킷, 아래에는 청바지를 입는 걸 청청패션이라고 하는데 이게 바로 진정한 쌍팔년도 스타일이지요!
上半身穿牛仔夾克，下半身穿牛仔褲，就叫作全身牛仔穿搭，這就是真正的雙八年度風格！

남아선호사상 〔男兒選好思想〕 偏愛男嬰思想
한국은 뿌리 깊은 유교 사상의 영향으로 오랫동안 남아선호사상이 주를 이루었다.
韓國受根深蒂固的儒家思想影響，長久以來都以偏愛男嬰思想為主。

연상연하 〔年上年下〕 姐弟戀
우리 엄마와 아빠는 연상연하 커플인데, 그 당시에는 흔하지 않았다고 해요.
我爸媽是姐弟戀的情侶，聽說在當年並不常見。

국민학교 國民學校
국민교육을 담당하는 가장 기초적인 교육기관을 국민학교라고 불렀는데, 1996년부터 초등학교로 명칭을 바꾸게 되었다.
負責國民教育的最基層教育機關被稱作國民學校，自 1996 年起，名稱改作初等學校。

소꿉친구 〔-- 親舊〕 兒時玩伴
저는 초등학교, 중학교 때 이사를 많이 다녀서 지금은 소꿉친구하고 연락이 되지 않아요.
我國小、國中時常常搬家，現在跟兒時玩伴都沒聯絡了。

살림 生活、生計、持家
제 어머니는 결혼하시고는 바로 직장을 그만두고 지금까지 살림만 하셨어요.
我媽媽婚後就辭職了，一直持家到現在。

손이 크다 大方
제 어머니는 손이 크셔서, 식구가 4명인데 치킨을 세 마리 시키세요.
我媽媽很大方，我們是一家 4 口，她卻點了三隻炸雞。

여장부 〔女丈夫〕 女強人
높은 성취감과 자신감을 가진 여성을 예전에는 여장부라고 불렀는데, 요즘은 '알파걸'이라고 부른다.
具有高度成就感和自信的女性，以前被稱作女強人，最近則被稱作「阿爾法女孩」。

늦둥이 老來子
우리집 막내는 늦둥이라서 저하고 나이 차이가 스무 살이나 차이가 나요.
我們家的老么是爸媽的老來子，所以年紀跟我足足差了二十歲。

타임머신 〔time machine〕 時光機
타임머신이 있다면 저는 미래로 가서 로또 당첨 번호를 보고 올 거예요.
如果有時光機，我要去到未來，看完樂透開獎號碼再回來。

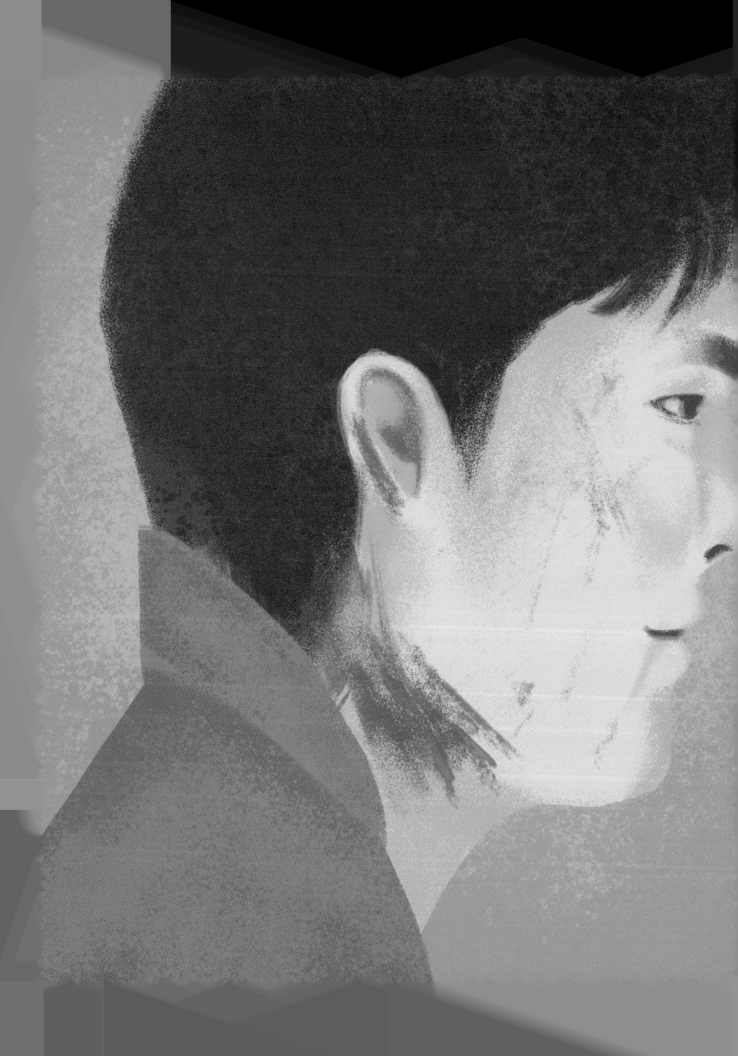

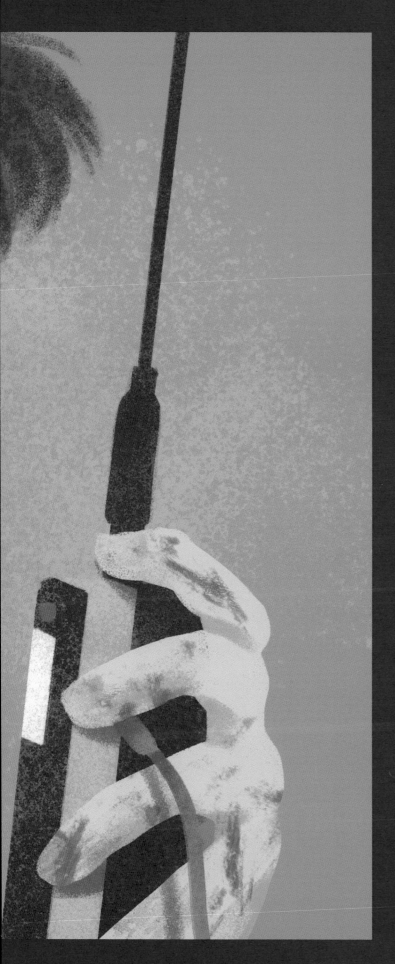

03

시그녈
《信號》

#2016　#16 集　# 黑暗、懸疑、社會

一集約 60~80 分鐘

과거… 바뀔 수 있습니다 . 절대 포
기하지 말아요 .

過去……是可以被改變的，絕對不要放棄。

戲劇介紹 🔊 33

tvN에서 드라마 < 시그널 > 이 방영되었을 때 정말 반응이 뜨거웠다. 원인은 다양했는데, 첫째로 드라마가 그냥 단순한 추리물이 아니었기 때문이다. 한국에는 유명한 미제 사건들이 여럿 있다. 화성 연쇄 살인 사건이라든지 개구리 소년 실종 사건이라든지 범인을 잡지 못한 사건들이 있는데, 이 드라마는 더 이상 상처 받는 피해자와 가족들이 있어서는 안 된다는 희망을 이야기했다. 또 완전 범죄는 절대 있을 수 없음을 시공을 초월한 무전기를 통해서 잘 풀어냈다. 둘째, 드라마의 극본을 쓴 작가가 바로 김은희 작가이며, 연출은 김원석 프로듀서인데 두 분 다 한국 드라마 업계에서 매우 유명하다. 김은희 작가는 거의 흥행보증수표라고 말할 정도로 유명한 드라마들을 많이 썼는데, 주요 작품으로는 < 싸인 > 과 < 킹덤 > 시리즈가 있다. 김원석 PD도 많은 작품을 연출하였는데 그 중에 < 성균관 스캔들 >, < 미생 >, < 나의 아저씨 >, < 아스달 연대기 > 가 대히트하였다. 그리고 작품 중 < 시그널 > 과 < 나의 아저씨 > 는 드라마 작품상까지 수상하는 등 평단에서도 큰 호평을 받았다. 셋째, 드라마의 주연을 맡은 배우들의 연기가 출중했다. 현재의 형사 김혜수와 프로파일러 이제훈, 그리고 과거의 형사 역을 맡은 조진웅의 연기는 정말 드라마에 대한 몰입도를 높이기에 충분하였다.

tvN 播出電視劇《信號》時,迴響真的十分熱烈。原因五花八門,第一是電視劇不僅為單純的推理劇。韓國發生過幾件知名懸案,譬如華城連續殺人案或青蛙少年失蹤案等尚未逮到犯人的案件,而這部戲講述的是不讓更多受傷的被害者和家屬出現的希望。而且也藉由一台透過超越時空的無線電,解釋了完美犯罪絕不可能存在的這點。第二,撰寫電視劇劇本的編劇就是金銀姬編劇,導演則是金元錫製作人,兩位在韓國戲劇圈都非常有名。金銀姬編劇堪稱是電視劇的票房保證,寫出了許多知名戲劇,主要作品有《Sign》與《屍戰朝鮮》系列。金元錫 PD 也執導過許多作品,其中的《成均館緋聞》、《未生》、《我的大叔》、《阿斯達年代記》都紅極一時,而且作品中的《信號》和《我的大叔》還獲頒戲劇作品獎等等,在評論界也受到極佳好評。第三,擔綱主演的幾位演員演技出眾,現任刑警金憓秀、犯罪心理分析師李帝勳,以及飾演過去刑警的趙震雄,演技真的精湛到足以讓人更加入戲。

單字

- **추리물**〔推理物 -〕:名詞 推理小說、推理劇、推理片
- **미제**〔未濟〕:名詞 尚未解決
- **연쇄**〔連鎖〕:名詞 連續
- **개구리**:名詞 青蛙
- **실종**〔失踪〕:名詞 失蹤
- **범인**〔犯人〕:名詞 犯人
- **시공**〔時空〕:名詞 時空
- **초월하다**〔超越 --〕:動詞 超越
- **무전기**〔無電機〕:名詞 無線電
- **풀어내다**:動詞 解開、解決
- **흥행보증수표**〔興行保證手票〕:戲劇 / 出版物票房保證
- **평단**〔評壇〕:名詞 評論界
- **프로파일러**〔profiler〕:名詞 犯罪心理分析師、側寫師
- **몰입도**〔沒入度〕:名詞 投入程度

명대사 經典台詞 🔊 34

미제 사건은 내 가족이, 내가 사랑하는 사람이 왜 죽었는지조차 모르니까 잊을 수가 없는 거야. 하루 하루가 지옥이지.

懸案讓我連自己的家人、愛人為何逝世都不曉得，所以我根本就忘不了，每一天都像是地獄。

아주 작은 혈액이라도 묻어 있기만 하면 10년, 20년, 100년이 지나도 DNA 검출은 가능하다는 거야. 현대의학이 피해자에게 준 선물이지.

即便只是沾上一小滴血，經過了10年、20年、100年，還是能檢驗出DNA，這是現代醫學贈予被害者的禮物。

과거가 바뀌어도 안 바뀌는 게 있다. 세상은 불공평하다는 것.

即使過去被改變了，還是有些事情改變不了——世界不公平的這點。

유가족이 흘린 눈물은 바다 같을 거다. 야. 우리도 이렇게 힘든데 유가족들은 어떻겠냐. 거기서 우리가 덜어줄 수 있는 양은…이 정도밖에 안 돼. 그…우는 것도 좋은 방법이다. 뭐든 잘 이겨낼 수 있는 방법을 찾아 봐.

遺屬的眼淚應該流成海了。喂，我們都這麼難受了，更何況是遺屬？而且我們能幫忙分擔的量……就只有這些。那個……哭也是一種好辦法，找出可以順利克服一切的方法吧。

거기도 그럽니까? 돈 있고 빽 있으면 무슨 개망나니 짓을 해도 잘 먹고 잘 살아요? 그래도 20년이나 지났는데 뭐라도 달라졌겠죠? 그죠?

那裡也是如此嗎？只要有錢、後台夠硬，就算做出什麼混帳的勾當，也可以爽吃爽過？不過已經過了20年，總會有什麼不一樣吧？對不對？

울었냐? 나도 그래. 나도 울었고 저 안에 짐승 같은 형사들도 자주 울어. 사람 죽는 걸 봤는데 멀쩡한 놈이 어디 있겠냐. 그러니까 잡아야지.

你哭啦？我也一樣，我也會哭，裡面那些禽獸般的刑警也常哭。哪有人看見別人死了，還能無動於衷？所以才要逮到真兇啊。

경위님! 이 무전이 뭐 때문에 잘못되었는지는 모르겠지만, 죄를 지었으면 거기에 맞게 죗값을 받게 해야죠! 그게 우리 경찰이 해야 될 일이지 않습니까?

警正！我不知道這台無線電是怎麼搞的，可是既然犯了罪，就應該讓他受到相應的懲罰！那不就是我們警察該做的事嗎？

閱讀更多 ●● ◁)) 35

　우리가 살아가는 이 사회는 많은 일이 매일 매일 끊임없이 벌어진다. 어떤 날은 늘 똑같고 평범하지만, 어떤 날은 정말 눈이 깜짝 떠질 정도로 엄청난 일이 벌어질 때도 있다. 당연히 이런 사건은 좋은 것도 있고 나쁜 것도 있지만 어떤 일은 너무 참담하여서 말하기 어려울 때도 있다. 한국에서도 사회 전반에 많은 영향을 끼친 사건들이 많이 발생하였다. 그리고 그 중에서는 피해자는 있으나 가해자를 밝혀내지 못한 사건도 있으며, 때로는 가해자를 잡았으나 그에 합당한 벌을 줄 수 없어 고통 받을 때도 있다.

　한국에는 < 살인의 추억 > 이라는 유명한 영화가 있다. 2003 년의 봉준호 감독의 영화인데, 봉준호 감독이 화성연쇄살인 사건을 바탕으로 한 연극 < 날 보러 와요 > 를 보고, 이건 반드시 영화로 만들어야겠다고 생각해서 시나리오를 쓰기 시작하였다고 한다. 영화는 1986 년 경기도에서 여러 차례 여성들이 살해되는 사건이 일어나자 경찰들이 투입되고 대대적으로 수사가 이루어지는 것으로 시작하나, 결과적으로는 범인을 잡지 못하고 영화는 끝나게 된다. 영화는 이렇게 범인의 체포 여부보다는 그 주변을 둘러싼 사회의 모습에 더 초점을 잡고 있다. 이 영화를 보면 주된 내용은 계속 되는 살인 사건으로 인한 공포와 그 범인을 추격하는 것이지만, 잘 보면 경찰이 증거 자료를 보관하는 데에도 미숙하고 오히려 직감이나 미신에 의존하는 모습을 보여 준다. 이렇게 영화만 보면 살인범을 잡지 못하여 허탈함에 빠지게 된다.

　범인을 잡지 못하고 점점 잊혀져 가던 중 2019 년에 정말 놀랄 만한 일이 벌어졌는데 화성연쇄살인의 살인범을 찾았다는 것이었다. 당시 증거품에서 채취한 DNA 가 그 당시 기술로는 분석이 어려웠는데, 경찰이 보관만 하고 있던 것을 다시 검사하고 또 현재 감옥에서 수감 중인 사람들의 DNA 를 대조하자 정말 놀랍게도 수감자 중 한 사람과 일치하였다. 그 사람이 바로 이춘재인데, 그는 이미 다른 사건으로 무기징역을 받고 복역 중이었다. 그리고 2019 년 10 월 1 일 마침내 자백을 하였다. 한 기사에 따르면 법정에서 변호사가 "영화 < 살인의 추억 > 을 보고 느낌이 어땠느냐 ?" 라고 묻자 이춘재는 "영화로서 봤다. 느낌이나 감흥 같은 건 없었다." 고 대답했다고 한다.

我們居住的這個社會，每天都有許多事情不斷發生。有些日子總是千篇一律又平凡，有些日子則會發生令人驚訝瞪大雙眼的重大事件。當然，這種事件有好有壞，有時也會因為某件事情太過淒涼而難以啟齒。韓國也發生過多起嚴重影響整個社會的事件，而且其中包含著雖有被害者，卻揪不出加害者的事件，有時則是抓到了加害者，卻因為無法給予適當的懲處，而感到痛苦。

韓國有部知名電影叫《殺人回憶》，是奉俊昊導演2003 年的電影。據說奉俊昊導演觀賞以華城連續殺人案件為背景的舞台劇《來看我》後，便心想一定要將它拍成電影，而開始寫作劇本。電影開頭為 1986 年，京畿道發生數名女性接連遭到殺害的案件，警方投入人力展開大規模調查，可是最終沒有逮到犯人，電影就結束了。相較於犯人的逮捕與否，電影更聚焦在籠罩周圍的社會樣貌。這部電影的劇情，乍看之下是不斷發生的殺人事件引發的恐懼和追捕犯人，仔細看才會發現，電影展現了警方在保管證據方面未臻成熟，反而依靠直覺或迷信的樣子。如果只看電影，就會因為逮不到殺人犯而陷入空虛。

在犯人尚未落網，事件逐漸被淡忘的時候，2019 年發生了一件著實令人震驚的事，那就是找到了華城連續殺人案的兇手。當年在證物上採集到的 DNA，難以使用當時技術進行分析，因此警察再次檢驗了本來僅作為保管的證物，再次對照目前在監獄中服刑的囚犯DNA，令人吃驚的是，DNA 和其中一名受刑人一致。那個人就是李春在，他因其他案件遭判無期徒刑，當時正在服刑，後來他終於在 2019 年 10 月 1 日招認。某篇報導指出，律師在法庭上問他：「觀賞電影《殺人回憶》後有什麼感覺？」李春在則回答：「我把它當成電影看，沒有什麼感覺或感觸。」

單字

- **떠지다** ：動詞 疏遠、產生距離
- **참담하다** 〔慘憺 --〕：形容詞 淒涼、慘淡
- **밝혀내다** ：動詞 揭露、查明
- **합당하다** 〔合當 --〕：名詞 適當
- **벌** 〔罰〕：名詞 懲處、懲罰
- **시나리오** 〔scenario〕：名詞 劇本
- **살해되다** 〔殺害 --〕：動詞 遭到殺害、遇害
- **투입되다** 〔投入 --〕：動詞 投入
- **대대적** 〔大大的〕：名詞 冠形詞 大規模的
- **수사** 〔搜查〕：名詞 調查、偵查、搜查
- **체포** 〔逮捕〕：名詞 逮捕
- **여부** 〔與否〕：名詞 與否
- **둘러싸다** ：動詞 包圍、圍繞
- **초점** 〔焦點〕：名詞 焦點
- **주되다** 〔主 --〕：動詞 主要、為主

- **추격하다** 〔追擊 --〕：動詞 追捕、追擊
- **미숙하다** 〔未熟 --〕：形容詞 不成熟、不熟練
- **직감** 〔直感〕：名詞 直覺
- **미신** 〔迷信〕：名詞 迷信
- **살인범** 〔殺人犯〕：名詞 殺人犯
- **증거품** 〔證據品〕：名詞 證物、證據
- **채취하다** 〔採取 --〕：動詞 採集
- **감옥** 〔監獄〕：名詞 監獄
- **수감** 〔收監〕：名詞 收押、服刑
- **대조하다** 〔對照 --〕：動詞 對照
- **무기징역** 〔無期懲役〕：名詞 無期徒刑
- **복역** 〔服役〕：名詞 服刑
- **자백** 〔自白〕：名詞 自首、招認
- **법정** 〔法廷 / 法庭〕：名詞 法庭
- **감흥** 〔感興〕：名詞 感觸、興致

會話 36

A : 아까 그 뉴스 봤어요 ? 가끔은 뉴스가 공포영화보다 더 무서워요 .

B : 진짜요 . 정말 제가 거기에 살지 않았기에 망정이지 정말 생각만 해도 머리가 쭈뼛쭈뼛 서는 것 같아요 .

A : 그런데 듣자 하니 연쇄 살인이 예전보다 줄었다고 하던데 , 정말인가요 ?

B : 네 , 실제로 옛날보다는 줄었다고 하더라고요 . 왜냐하면 문 밖에만 나가도 바로 CCTV 가 곳곳에 있고 차에는 블랙박스가 있잖아요 .

A : 그렇죠 . 게다가 한국이나 대만은 국토가 넓지 않으니까 사건 해결이 더 쉬울 것 같아요 .

B : 그리고 요즘은 과학 수사를 하기 때문에 범죄자가 수사망을 빠져나가기가 힘들다고 하더라고요 .

A : 你看到剛才那則新聞了嗎 ？新聞有時候比恐怖電影還可怕。

B : 真的，真是好險我沒有住在那裡。我真的光是用想的，就覺得寒毛直豎。

A : 但我聽說連續殺人案已經比以前少了，這是真的嗎？

B : 對啊，聽說真的有比以前少，因為一踏出家門，到處都是監視器，車子裡還有行車紀錄器啊。

A : 對耶，而且韓國跟台灣的國土並不寬闊，所以要破案應該更容易。

B : 而且我聽說，因為最近會用科學偵查，所以犯人難以擺脫偵查網。

文法 37

A/V- 기에 망정이지 好險 A/V

【說明】

어렵고 당황스러운 일이 발생했지만 다행히도 선행절의 내용 덕분에 나쁜 결과가 안 생겼을 때 사용한다 . 뒤에는 주로 '- 았을 / 었을 거예요' , 또는 '-(으) ㄹ 뻔했어요' 온다 .
用在「雖然發生了艱難且令人驚慌的事情，可是多虧了前句的內容，讓糟糕的結果沒有發生」的時候。後面通常會接「- 았을 / 었을 거예요」或是「-(으) ㄹ 뻔했어요」。

【例句】

1. 파일을 USB 에도 저장해 놓았기에 망정이지 진짜 큰일날 뻔했어요 .

　好險有存一份檔案在 USB 裡，真的差點就要出事了。

2.

A : 교통사고가 났다면서요 , 괜찮아요 ? 다친 데는 없어요 ?

B : 다행히도 이른 시간이라 차가 없어서 사고가 크게 안 났어요 . 진짜 출퇴근 시간이 아니었기에 망정이지 다른 차하고 충돌했으면 큰 사고가 됐을 거예요 .

A : 聽說你出了車禍，還好嗎？有沒有哪裡受傷？

B : 幸好當時還早，沒什麼車，所以不太嚴重。真的好險當時不是上下班時間，不然要是撞上其他車輛，應該就會變成嚴重車禍了。

延伸單字 🔊 38

미제 사건 〔未濟事件〕懸案
해결하지 못한 사건을 미제 사건이라고 부른다.
未能破案的案件被稱作懸案。

유가족 〔遺家族〕遺屬
'자살'로 가족을 잃은 유가족은 보통 정신적으로 극심한 고통을 겪기 마련이다.
因「自殺」而失去家人的遺屬，通常免不了要經歷精神上的極度痛苦。

용의자 〔容疑者〕嫌疑人
아직 범죄의 혐의가 명백하게 밝혀지지 않았지만, 수사 내부적으로는 조사의 대상이 된 사람을 용의자라고 한다.
雖然尚未查清犯罪嫌疑，可是偵查內部，會將被列為調查對象的人稱為嫌疑人。

피해자 被害者
가정 폭력의 가해자는 반드시 처벌하고, 피해자는 끝까지 보호해야 합니다.
家庭暴力的加害者一定要懲罰，被害者則是要保護到最後。

조폭 (조직폭력배) 黑幫（組織暴力輩）
한국의 조폭을 알고 싶으면 영화 < 범죄와의 전쟁 > 이나 < 신세계 > 를 보면 된다.
如果想了解韓國的黑幫，可以觀賞電影《與犯罪的戰爭》或是《闇黑新世界》。

유괴 誘拐
유괴는 보통 미성년자를 대상으로 하지만, 성인의 유괴도 적지 않다고 한다.
誘拐通常以未成年人為對象，可是聽說誘拐成人的也不少。

연쇄 살인 사건 〔連續殺人事件〕連續殺人案
예전에는 연쇄 살인 사건이 많았지만, 한국에서는 2000 년도 후반 이후 뉴스에서 사라졌다.
在韓國，以前連續殺人案頻傳，但在 2000 年下半年之後，就從新聞上消失了。

절도 竊盜
절도는 형법 제 329 조에 근거해 6 년 이하의 징역이나 1 천만원 이하의 벌금에 처한다.
竊盜依據刑法第329 條，處 6 年以下有期徒刑或韓幣 1 千萬元以下罰金。

실종 失蹤
실종아동 발생시 무엇보다 중요한 것은 빠른 초기 조치입니다.
有兒童失蹤時，最為重要的是迅速的初步處置。

성희롱 〔性戲弄〕性騷擾
예전에 성희롱은 직장이나 학교에서 발생하였으나, 최근에는 카카오톡 단체 채팅방에서도 특정 인물을 대상으로 한 성희롱이 이루어진다.
性騷擾以前發生在職場或學校，但最近在 KaKaoTalk 的多人群組，也有以特定人物為對象的性騷擾發生。

성폭력 性暴力
성폭력의 종류에는 성폭력, 성추행, 성희롱 등이 있다.
在性暴力的種類中，有性暴力、猥褻、性騷擾等等。

수사하다 〔搜查 --〕偵查、緝查、搜查
학교 폭력을 수사하는 것은 쉽지 않은 일이다.
偵查校園暴力是一件不容易的事。

프로파일러 〔profiler〕犯罪心理分析師
프로파일러는 일반적으로 해결하기 힘든 사건에 들어가 용의자의 성격이나 행동 유형을 분석하여 수사 방향을 결정하는 사람이다.
犯罪心理分析師一般是參與難解的案件，分析嫌疑犯個性和行動類型，並決定偵查方向的人。

국과수 (국립과학수사연구원) 國科搜（國立科學搜查研究院）
범죄수사 중 획득한 증거물을 과학적으로 분석하고 연구 자료를 모으는 곳을 국과수라고 한다.
以科學方式分析犯罪偵查中獲得的證物，並蒐集研究資料的地方被稱作國科搜。

교도소 〔矯導所〕看守所
죄를 지은 사람들이 복역하는 장소를 교도소라고 하는데, 흔히 감옥이나 감방이라고도 부른다.
犯罪的人服刑的場所被稱作看守所，也常被稱作監獄或是牢房。

출소하다 〔出所 --〕出獄
한국에서 교도소에서 출소하는 날 반드시 흰 두부를 먹어야 한다는 미신이 있다.
在韓國有個迷信，從看守所出獄的日子，一定要吃白色的豆腐。

체포하다 逮捕
일반적으로 범죄자를 체포할 때는 영장이 필요하다.
一般逮捕犯人時，需要逮捕令。

자백하다 〔自白 --〕自白、供稱、認罪
예전에는 경찰의 고문에 거짓으로 자백을 하는 경우가 많았다고 한다.
據說以前常發生警察拷問導致做偽自白的情況。

누명을 쓰다 〔陋名 ---〕背黑鍋、背負冤名
억울하게 누명을 쓴 사람들이 국가를 상대로 손해 배상을 청구하였다.
委屈背負冤名的人們向國家請求了損害賠償。

추리 소설 推理小說
추리 소설이 소설의 한 장르가 된 것은 아서 코난 도일의 < 셜록 홈즈 시리즈 > 부터라고 한다.
據說推理小說成為一種小說類型，是從亞瑟・柯南・道爾的《夏洛克・福爾摩斯系列》開始的。

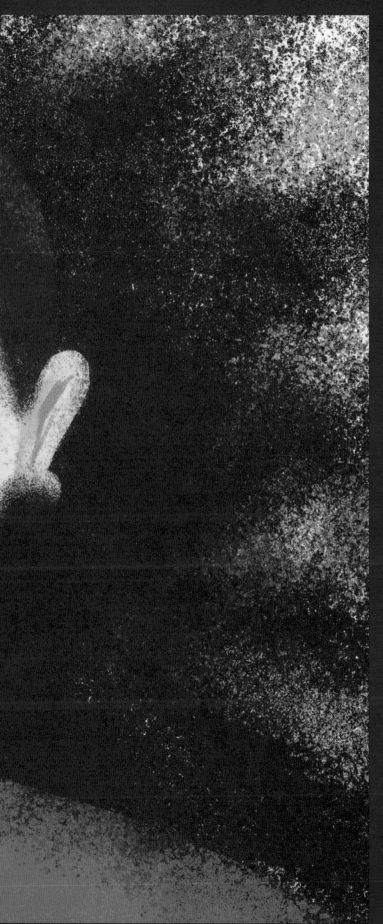

04

SKY 캐슬

《天空城堡》

#2018　#20 集　# 省思、感人、社會

一集約 60~80 分鐘

저를 전적으로 믿으셔야 합니다 .

你必須全然相信我。

戲劇介紹 🔊 39

드라마 < SKY 캐슬 > 이 방영되었을 때 대한민국을 들었다 났다 했을 정도로 그 영향력이 대단했다. 드라마가 이야기하는 주제가 한국 사회에서 중요하게 여겨지는 '교육'이었기 때문에 시청률이 높았을 뿐만 아니라 드라마 속 대사가 사회 전반적으로 유행하였다. 또한 그냥 교육 문제를 다루는 평범한 드라마가 아니라 교육 문제를 통해 사람들의 숨겨진 내면의 욕망을 적나라하게 드러냈다는 것이 바로 이 드라마의 흥행 요인이었다. 부와 명예, 그리고 권력을 모두 가진 대한민국 상위 0.1% 의 남편과 함께 아들과 딸을 천하제일의 왕자와 공주로 키우고 싶은 사모님들이 치열하게 싸우고 울고 웃는다는 내용이 자극적인 스토리 안에서도 공감을 이끌어냈다. 드라마를 보다 보면 도대체 '성공한 인생이란 무엇일까?'라는 생각을 할 수밖에 없다. 하지만 이도 자세히 들여다 보면 삶에서 무엇보다 중요한 것은 대학 입시가 아니라 부모와 자식간의 따뜻한 말 한마디, 함께하는 저녁 식사라는 것을 알려주고 싶었던 것 같다. 이렇게 드라마 제작진은 과도한 사교육 행태를 풍자 비판을 하려고 했지만 드라마가 방영된 이후 생각하지 못한 부작용이 발생했다. 그 부작용은 바로 김주영과 같은 입시 코디네이터를 찾는 사람이 많아졌다는 것이다.

電視劇《天空城堡》播出時的影響力強到震撼了韓國。由於電視劇講述的主題是在韓國社會受重視的「教育」，不僅收視率高，劇中台詞也在整個社會蔚為流行。而且它不僅是純粹探討教育問題的平凡戲劇，還藉由教育問題，赤裸裸地呈現出人們潛藏的內在慾望，這就是這部戲大受歡迎的主因。想和兼具財富、名譽以及權力的大韓民國頂尖 0.1% 的老公，一同將兒女栽培成天下第一王子公主的幾位夫人激烈鬥爭、又哭又笑的內容，在刺激的劇情中引起了共鳴。看看這部戲，不禁令人思索，究竟「什麼才是成功的人生？」不過仔細檢視後，便會發現這部戲想告訴我們的應該是，生命中最重要的並非大學入學考試，而是父母與子女之間的溫馨話語、共進的晚餐。雖然戲劇製作團隊試圖這樣子批判、諷刺過於偏激的補習教育行為，卻在戲劇播出後，出現了始料未及的副作用。該副作用就是，尋找像金珠英那種應考指導員的人變多了。

單字

- 전반적〔全般的〕：名詞 冠形詞 通盤的、全面的
- 내면〔內面〕：名詞 內部、內在、心裡
- 적나라하다〔赤裸裸 --〕：形容詞 赤裸裸、一絲不掛
- 요인〔要因〕：名詞 主要因素
- 천하제일〔天下第一〕：名詞 天下第一
- 사모님〔師母 -〕：名詞 夫人、師母
- 치열하다〔熾烈 --〕：形容詞 激烈、劇烈
- 자극적〔刺戟的〕：名詞 冠形詞 刺激的
- 과도하다〔過度 --〕：形容詞 過度、過分
- 풍자〔諷刺〕：名詞 諷刺、挖苦
- 비판〔批判〕：名詞 批判、批評
- 코디네이터〔coordinator〕：名詞 專員

명대사 經典台詞 🔊 40

감수하시겠습니까? 다 감수하시겠다는 뜻이냐고 물었습니다, 어머님.

您能承擔這一切嗎?我在問您,您能承擔這一切嗎?伯母!

아무리 일등을 하고 책을 많이 읽으면 뭐 합니까? 혼자 사는 세상이 아닌데요.

拿再多第一名、飽覽群書又能怎麼樣?世界又不是一個人的。

나 이제 더 이상 아빠가 원하는 딸 노릇 하기 싫어. 난 아빠 플랜대로 살기 싫어! 피라미드 꼭대기? 아빠도 못 올라간 주제에 왜 우리 보고 올라가래?

我不想再扮演爸爸想要的女兒了,我不想按照爸爸的規劃過日子!金字塔頂端?爸爸自己都沒登上了,憑什麼要我們登上?

자식을 다 안다고 생각하시는 건, 부모님의 착각입니다.

認為自己很了解小孩,是父母的錯覺。

남편이 아무리 잘나가도, 니가 아무리 성공해도, 자식이 실패하면 그건 쪽박 인생이야.

就算妳老公再怎麼厲害、妳再怎麼成功,只要小孩失敗,人生就毀了。

사막에서 사람이 쓰러지는 건 갈증이나 더위 때문이 아니라 조바심 때문이래요.

聽說人在沙漠昏倒,並不是因為口渴或炎熱,而是因為急躁。

공부 잘하면 착한 거지, 공부 잘하면 착한 거야.

書讀得好就算是乖巧了,書讀得好就算是乖巧了。

閱讀更多 👓 🔊 41

한국에서 '교육'은 여러 특별한 의미를 가지고 있다. 드라마 <SKY 캐슬> 하면 늘 뒤따라 나오는 단어가 바로 '교육열' 또는 '욕망'이다. 드라마 <SKY 캐슬>은 '욕망'을 통하여 한국의 교육열을 바라보고 있다. 한국 사회 뿐만이 아니라 전 세계의 어느 나라에서도 교육, 특히 입시 교육이라는 것은 특별하게 취급된다. <SKY 캐슬>과 같은 상황은 여러 곳에서 실제로 벌어지고 있는데, 그 중 하나가 '숙명여자고등학교 쌍둥이 자매 시험지 유출 사건'이다. 이 사건은 2018년에 실시된 기말고사에서 2학년에 재학 중이던 쌍둥이 자매가 각각 문과와 이과에서 내신 성적, 전교 1등을 차지하면서 불거진 시험지 유출 사건이다. 이때 문제의 발생은 시험지 검토 및 결재 권한을 지닌 사람인 교무부장이 바로 이 두 딸들의 아버지였다는 것이었다. 이렇게 기형적인 사건이 발생하는가 하면 또 과도한 교육열 때문에 다른 한편으로는 사교육에 과도하게 의존하는 것도 사실이다.

한국의 교육부에서 2019년에 발표한 자료에 따르면 전체 학생 수는 줄어들고 있지만 사교육비의 총액은 1년 전보다 4% 늘어난 21조원으로 집계되고 있으며 고소득층이 저소득층보다 5배 이상의 사교육비를 쓰는 것으로 나타났다고 한다. 이렇듯 가장 큰 문제는 사교육비에서조차도 교육비 지출의 양극화가 점점 더 심해진다는 것이다. 특히 <SKY 캐슬>에서 나타난 한국 사회의 독특한 교육 문제는 바로 교육 전면에 부모들이 있다는 것이다. 김주영의 유명한 대사 중 "그 어떤 것도 감수하겠냐?"가 있다. 자식의 성공을 위해서라면 부모는 어떤 일이든지 할 준비가 되어 있다. 자식의 성공이 곧 부모의 성공이라는 생각, 아이 교육을 위한 엄마들의 모임 등은 대학 입학의 성공이 한국 사회에서 의미하는 바가 얼마나 큰 것인지를 적나라하게 보여 준다. 그럼 이런 현상을 집약하여 보여주는 곳은 어디일까? 드라마가 아닌 현실에서 사교육 1번지는 바로 서울 강남의 대치동이다. 대치동의 사교육이 한국 사교육의 대명사로 인식되면서 그 영향력이 교육 분야를 넘어서 경제와 정치 분야에까지 영향을 미치고 있다고 한다.

在韓國，「教育」具有幾種特別意義。若提起電視劇《天空城堡》，常跟著出現的詞彙是「教育熱」或「慾望」。電視劇《天空城堡》透過「慾望」檢視了韓國的教育熱。不僅是韓國社會，在全世界任何一個國家，教育，尤其是應試教育這回事都會被特殊看待。和《天空城堡》相同的情況在各地實際發生，其中一例即是「淑明女子高中雙胞胎姐妹試卷外流事件」。這起事件是一對就讀 2 年級的雙胞胎姐妹，在 2018 年實施的期末考，分別於文組和理組佔據在校成績的全校第 1 而爆出的試卷外流事件。當時問題的發生，是因為擁有試卷審閱與批准權限的教務主任就是兩姐妹的父親。事實是，畸形事件頻頻發生，人們在另一方面又會因過度的教育熱，而過度依賴補習教育。

根據韓國教育部 2019 年發表的資料顯示，雖然全體學生人數正在減少，校外學習支出的總額統計起來，卻是比前 1 年增加 4% 的 21 兆元，而且高所得族群支付的校外學習支出，是低所得族群的 5 倍以上。如此，最大的問題在於，就連在校外學習支出方面，教育費支出的兩極化都變得日益嚴重了。特別是《天空城堡》演到了韓國社會的獨特教育問題，那就是父母站在教育的前面。金珠英有句經典台詞是：「你什麼都願意承擔嗎？」為了孩子的成功，父母早已做好赴湯蹈火的準備。將孩子的成功視為父母成功的思維、利於孩子教育的母親聚會，都赤裸裸地展現出成功考上大學，在韓國社會是多麼意義重大。那麼，哪個地方會集中呈現這種現象呢？在非戲劇的現實中，補習教育的頭號地點就是首爾江南的大峙洞。大峙洞的補習教育被視為韓國補習教育的代名詞，聽說它的影響力已經超出教育領域，影響到經濟和政治領域了。

單字

- 바라보다：動詞 看待、觀察、盼望
- 취급되다〔取扱 --〕：動詞 處理、被當成、被視為
- 벌어지다：動詞 裂開、展開
- 쌍둥이〔雙 --〕：名詞 雙胞胎
- 문과〔文科〕：名詞 文科
- 이과〔理科〕：名詞 理科
- 내신〔內申〕：名詞（在校成績、品行分數等）申報
- 불거지다：動詞 突現、暴露
- 검토〔檢討〕：名詞 探討、研究、審閱
- 결재〔決裁〕：名詞 批准、同意

- 권한〔權限〕：名詞 權限、權力
- 지니다：動詞 帶、具備
- 기형적〔畸形的〕：名詞 冠形詞 畸形的
- 집계되다〔集計 --〕：動詞 合計、總計
- 고소득층〔高所得層〕：名詞 高所得族群、高收入族群
- 저소득층〔低所得層〕：名詞 低所得族群、低收入族群
- 전면〔前面〕：名詞 前面、前方
- 감수하다〔甘受 --〕：動詞 忍受、甘心承受
- 바：依存名詞 代指前面所說的事物
- 집약하다〔集約 --〕：動詞 集中

會話  42

A : <SKY 캐슬 > 드라마가 유명하다고 들었지만 지난 주말에
　　서야 시간이 나서 정주행 완료했네요 .

B : 오 , 다 봤어요 ?

A : 네 , 이틀 밤을 새운 끝에 마지막회까지 다 봤어요 . 스토
　　리가 긴장감이 넘치고 대사들이 참 맛깔나서 시간 가는
　　줄 몰랐어요 .

B : 그랬군요 . 한국에서 교육 문제는 정말 큰 사회적 이슈인
　　것 같아요 .

A : 맞아요 . 대학교 입학이 정말 중요하게 여겨지니까요 .

B : 성공적인 인생을 위해서라면 먼저 좋은 대학의 졸업장이
　　필요하기 때문에 더더욱 물불 안 가리고 사교육에 집착하
　　는 것 같아요 .

A : 我聽說《天空城堡》這部戲很有名 ，可是我到上週末才有空追完。

B : 哦 ，你看完了嗎 ？

A : 對啊 ，我歷經兩天熬夜 ，一路看到完結篇。劇情的緊張感滿溢 ，而且台詞真的很夠味 ，讓我都沒有察覺時間的流逝。

B : 是哦 ，在韓國 ，教育問題好像真的是個重大社會議題。

A : 對啊 ，因為考上大學這件事 ，真的被看得很重。

B : 似乎是因為想有成功的人生 ，就要先拿到好大學的畢業證書 ，所以才讓人更奮不顧身地執著於補習教育。

文法 43

V-(으) ㄴ 끝에 歷經 V

【 說明 】

이 표현은 오랜 시간 뒤에 또는 힘든 과정을 지나 결과를 얻었음을 나타낼 때 사용한다 . 반드시 앞 동작의 진행 과정이 길고 아주 어렵고 힘들었을 때 사용한다 .

這種說法是用在表示「在漫長時間後 ，或是經歷辛苦過程而獲得結果」的時候 ，一定要在「前方動作的進行過程漫長且非常困難、辛苦」的時候才能用。

【 例句 】

1. 그는 이 시험을 10 년 동안 계속 도전한 끝에 합격 소식을 들을 수 있었다 .

　 他歷經 10 年不斷地挑戰這項考試 ，才終於聽見合格的消息。

2. 영국에서 머리가 붙은 샴쌍둥이 자매가 50 시간 동안 수술을 받은 끝에 분리 성공하였다 .

　 英國的連體嬰雙胞胎姐妹歷經 50 個小時手術才成功分離。

延伸單字 🔊 44

사교육 〔私教育〕補習教育、校外教育
어렸을 때부터 여러 사교육을 받았는데 , 심지어 리코더도 과외를 받았어요 .
從小就開始接受各種補習教育，甚至還上了直笛的家教課。

공교육 〔公教育〕學校教育、校內教育
정부는 공교육을 바로 세우기 위해 여러 정책을 개발하고 있다 .
政府為了扶植學校教育，正在發展各項政策。

학벌 〔學閥〕學歷背景
부모의 학벌 상승 욕구가 아이들에게 커다란 스트레스가 되고 있다 .
父母對於提升學歷背景的欲望，成了孩子們莫大的壓力。

학연 學緣
저 사람은 사장과 같은 대학교를 나왔다는 학연을 이용하여 지금의 자리까지 승진하였다 .
那個人利用了跟老闆畢業於同所大學的學緣，升遷到現在的位置。

지연 地緣
예전에는 지연을 매우 중시하여 서울에서 같은 지역 출신 사람을 만나면 가족을 만난 것만큼 반가워하였다 .
以前非常重視地緣，在首爾遇到同鄉，都會開心地像是遇見家人一樣。

입시부정행위 〔入試不正行為〕應考不當行為
입시부정행위는 지금 시대에만 있는 것이 아니라 조선시대 과거 시험 때에도 있었다고 한다 .
應考不當行為不僅發生於現代，在朝鮮時代的科舉考試也發生過。

사회적 양극화 社會兩極化
현재의 저출산 문제는 비혼이나 만혼보다는 사회적 양극화 때문이라는 견해가 있다 .
有見解稱，目前的低出率問題，並非因為不婚或晚婚，而是社會兩極化所致。

수능 (대학수학능력시험) 修能（大學修學能力試驗）
일반적으로 수능은 11 월에 있으나 2020 년에는 코비드 -19 의 영향으로 12 월에 치러졌다 .
修能一般在11月舉行，但2020年因COVID-19的影響，改在12月舉辦。

그들만의 리그 〔----league〕各自的小圈圈
드라마에서 가난한 여자가 재벌을 만나 사랑에 빠지는 데 그런 건 현실엔 없다고 ! 다 그들만의 리그에서 만나고 결혼하고 그러는 거야 .
電視劇裡的貧窮女遇見財閥、墜入愛河的情況，不存在於現實當中！大家都是在各自的小圈圈相遇、結婚的。

악순환 〔惡循環〕惡性循環
다른 사람의 험담을 하는 것은 결국 자기 자신의 자존감을 낮추게 되므로 이런 악순환은 미리 막아야 한다 .
說其他人的壞話，到頭來只會讓自己自尊心下降，所以必須事先防止這種惡性循環。

유급되다 （被）留級
출석일이 학교에서 규정한 수업 일수의 3 분의 2 가 안 되면 유급된다 .
如果出席天數未達學校規定上課天數的3分之2，就會被留級。

대학서열화 〔大學序列化〕大學排名化
한국에서 대학서열화는 다른 학교를 폄하하고 비하하는 수단으로 악용되기도 한다 .
在韓國，大學排名化被惡意用來貶低並鄙視其他學校。

교육평준화 教育平準化（韓國為避免階級導致的教育不均，與改善競爭激烈的升學環境，所實施的平衡、標準化教育政策）
이상적으로 교육평준화는 추구해야 할 개념이지만 사실상 하향 평준화가 될 수 있다 .
理想上，教育平準化是應該追求的概念，在現實上卻可能淪為向下平準化。

선행학습 〔先行學習〕先修
요즘 학생들이 일이 년을 미리 공부를 하는데 , 이런 선행학습이 오히려 공교육을 저해하는 요인 중의 하나라고 생각합니다 .
最近的學生會提早一兩年學習，但是這種先修，反而被認為是阻礙學校教育的其中一個主因。

맞춤교육 個人化教學
저희 보습학원은 학생 한 명 한 명의 수준에 맞춰 커리큘럼을 구성하는 맞춤교육을 제공하고 있습니다 .
我們課輔補習班提供配合每位學生的程度安排課程的個人化教學。

개인과외 〔個人課外〕個人家教
과외 중에서 가장 좋은 건 1 대 1 맞춤 개인과외예요 .
在家教當中，最好的是1對1個人家教。

그룹과외 〔group 課外〕多人家教、團體家教
개인과외의 수강료가 부담스러우면 친구들 서넛하고 그룹과외를 해도 괜찮아요 .
如果覺得個人家教的課程費用有負擔，也可以三四個朋友一起上團體家教。

국영수 國英數
국영수는 국어 , 영어 , 수학을 줄여 부르는 말로서 학교에서 배우는 과목 중에 가장 중요하다고 여겨진다 .
國英數是國語、英語、數學的簡稱，在學校學習的科目中，被視為是最重要的。

예체능 〔藝體能〕藝術與體育能力
저는 다른 과목보다 예체능을 잘하는 편이에요 . 그래서 나중에 체대에 들어갈까 생각 중이에요 .
比起其他科目，我比較擅長藝術與體育能力，所以我在想之後要不要就讀體大。

논술 〔論述〕申論
시험 종류 중에서 제일 어려운 것이 논술인 것 같아요 . 논리적으로 생각을 정리하는 훈련이 더 필요해요 .
在考試種類中，最困難的應該是申論。需要接受更多有邏輯釐清思緒的訓練。

05

검색어를 입력하세요 WWW

《請輸入檢索詞 WWW》

#2019　#16 集　# 省思、女性、職場

一集約 70~80 分鐘

세상에 없는 게 딱 세 개 있대요,
공짜, 정답, 비밀.

聽說世上不存在三樣東西——免費、正確答
案、祕密。

戲劇介紹 🔊 45

이 드라마의 제목은 참 독특하다. < 검색어를 입력하세요 WWW>(이하 WWW) 라는 제목을 처음 봤을 때 한 번쯤 '이게 드라마 제목 맞나?'라고 생각을 하게 된다. 그리고 포스터를 보면 드라마의 제목을 이렇게 지은 이유가 나와 있는데 그제야 '아, 이런 뜻이구나!'하고 감탄하게 된다. 포스터에는 주인공 세 명이 걸어가는 모습이 나오는데 그 전체적인 모양이 꼭 W 자와 닮았다. 그리고 포스터 위쪽에 보면 파란 검색창이 있는데, 그 검색창 안에는 "우리들의 하루는 검색으로 시작해 검색으로 끝납니다"라고 쓰여져 있다. 이 말이 현대 사회를 살아가는 우리들에게 많은 공감을 이끌어 낸다. 또 이 드라마의 또 다른 특별한 점은 제목 < 검색어를 입력하세요 WWW> 에서 뒤에 나오는 'WWW' 의 의미인데, 이 단어를 처음 볼 때 일반적으로 바로 생각이 나는 것은 'World Wide Web'일 것이다. 즉, 'WWW' 또는 'Web'으로 불리며 인터넷을 쓰기 쉽게 만들어 인터넷을 전세계로 확산시키고 활성화한 역할을 한 단어이다. 하지만 드라마에서는 이 단어를 중의적으로 사용하였다. 하나는 앞에서 말했던 검색이라는 주제로 'WWW'를 사용하였으며, 또 다른 의미는 바로 '세 명의 여자 (Woman)'가 이 드라마를 이끌어 나간다는 것이다.

這部戲的劇名相當獨特，在首次看見《請輸入檢索詞WWW》（下稱WWW）的劇名時，我曾心想：「這真的是劇名嗎？」後來看到海報呈現了劇名的命名緣由，才讓我讚嘆：「哦，原來是這個意思！」海報上是三位主角正在走路的樣子，整體看起來像個W字母。而且海報上方有著藍色的搜尋框，搜尋框裡頭寫著「我們的一天，從搜尋開始，以搜尋結束」。這句話對於生活在現代社會的我們，引起了許多的共鳴。而且這部戲的另一個特點，在於劇名《請輸入檢索詞WWW》後方出現的「WWW」含義。第一次看見這個詞彙時，通常會想到「World Wide Web」，也就是被稱作「WWW」或是「Web」，讓使用網路變得容易，並使網路拓展到全世界活絡的一個詞彙。不過，這個詞彙在劇中是一語雙關，一種含義是如前述說的以搜尋當成主題使用的「WWW」，另一種含義則表示「三個女人 (Woman)」將帶動劇情。

單字

- **독특하다**〔獨特 --〕：形容詞 獨特、特別
- **포스터**〔poster〕：名詞 海報
- **짓다**：動詞 取（名字）、製作、寫（文章）
- **그제야**：副詞 這才
- **감탄하다**〔感歎 --〕：動詞 感嘆、讚嘆
- **자**〔字〕：名詞 字、文字
- **검색창**〔檢索窓〕：名詞 搜尋框、搜尋欄
- **활성화하다**〔活性化 --〕：動詞 活化、促進、活絡
- **중의적**〔重義的〕：名詞 冠形詞 具雙重意義的
- **이끌어 나간다**：帶動、引領

명대사 經典台詞 🔊 46

시대가 버리는 것을 미리 버릴 것! 타이밍이 이슈를 만든다.

率先把時代將捨棄的東西捨棄掉！時機創造議題。

당연히 받아야죠. 사과는 진실할 리 없지만 돈은 진실하니까.

當然要收下囉，雖然道歉不可能真心，但錢是真的。

어릴 때요. 서른여덟 살 정도 먹으면 완벽한 어른이 될 줄 알았어요. 모든 일의 정답을 알고 옳은 결정만 하는 그런 어른요. 그런데 서른여덟이 되고 뭘 깨달은 줄 아세요? 결정이 옳았다 해도 결과가 옳지 않을 수 있다는 거, 그런 것만 깨닫고 있어요.

小時候，以為到了三十八歲，就能長成完美的大人，知道所有事情的正確答案，只會做出正確決定的那種大人。但你知道我滿三十八歲以後，體悟了什麼嗎？即使做對了決定，結果也可能不對，我只體悟到那一點。

나도 누군가에겐 개새끼일 수 있다.

我對某人來說，也可能是一個混蛋。

20대는 돈이 없잖아요. 사회초년생들이 왜 무리해서 명품백을 사는지 알아요? 가진 게 많을 땐 감춰야 하고 가진 게 없을 땐 과장해야 하거든요. 이 사회가 그래요. 투쟁할 수 없으면 타협해요.

20幾歲的人，不是沒有錢嗎？你知道為什麼社會新鮮人要逞強，去買名牌包嗎？因為擁有得多，才需要隱藏；擁有得少，才需要張揚。這個社會就是如此。如果鬥不過，就要妥協。

여행을 가는 이유는 비밀을 말하러 간다. 내 과거, 수치, 고통, 솔직하게 말할 수 있다. 날 잘 모르고 잘 보일 필요 없는 사람에게 말할 수 있다.

旅行是為了去傾訴祕密。可以坦率地說出自己的過去、羞恥和痛苦，可以向不認識自己，也不用討好的對象訴說。

회사를 위해 몰빵하지 않아. 난 소중하니깐.

我才不會為了公司奉獻一切，因為我很愛惜自己。

閱讀更多 ●─● ◁)) 47

　한국 등 아시아국가는 전통적으로 유가 사상이 문화적 배경으로 자리잡고 있기 때문에 남존여비라는 성의식이 드라마에도 많은 영향을 미쳤다. 특히 직업을 가진 여성에 대해 부정적으로 그리거나 일보다는 가정이 중요하다는 식으로 이야기하는 경향이 강하다. 그렇기 때문에 1980 년대까지의 한국의 드라마에서 여성은 보통 순종적이고 희생적인 현모양처로 묘사되었다. 특히 이때 드라마 속 여성의 직업은 거의 전업주부, 사무직, 판매직 등의 직종에 종사하며 성향도 남자 주인공에 비하여 수동적이며 감정적이다. 그리고 일반적으로 여성을 의존적이며 비야심적으로 묘사하였다. 1980 년대 중반부터 적은 수이지만 이런 고정관념에 도전하는 여성 역할이 나오기 시작하였다. 하지만 2000 년대에 이르러서도 여성 주인공이 나오는 드라마의 주된 주제는 사랑과 결혼이었다. 그렇기 때문에 2000 년대에 나온 드라마의 여성 주인공들은 전에 비하여 확실한 직업을 가지고 있는 경우가 많았지만 결과적으로는 일도 일이지만 운명적 사랑을 만나 결혼하는 것으로 끝을 마무리한다. 특히 과거에 비하여 여성 주인공의 특성은 적극적이고 능동적으로 변화하고 있지만 사회 경제적 계층과 직업에 있어 남성에 비해 상대적으로 낮은 신분적 계층과 직업을 가진 것으로 그려졌다. 그리고 자주 착한 주인공과 그에 대비되는 나쁜 여자가 일과 사랑을 놓고 치열하게 싸우는 장면도 자주 연출되었다.

　현재 2020 년 한국 텔레비전에서 드라마가 나오지 않는 시간대는 없다. 드라마의 종류도 가족과 사랑을 이야기하는 것이 주를 이루었지만 점점 그 연령대와 주제도 세분화되는 추세이다. 그리고 드라마의 여성 주인공도 시대에 따라 변화하고 있다. 지금의 한국 사회에서 여성의 역할이 어떻게 변화하고 있는지는 최근의 드라마를 보면 알 수 있다. 2015 년의 < 그녀는 예뻤다 > 의 예쁜 여자이길 거부하는 황정음이나, 2018 년의 < 미스 함무라비 > 에서 열혈 판사 역할의 고아라, 2019 년의 < 검색어를 입력하세요 WWW> 에서 독립적이고 주체적인 여자 3 인방과 < 동백꽃 필 무렵 > 의 편견을 깨는 강한 여자 공효진이 대표적이다.

因為儒家思想在傳統上影響了韓國等亞洲國家的文化背景，所以男尊女卑的性別意識也對戲劇造成了許多影響，尤其會以負面角度刻劃職業婦女，或是傾向於敘述家庭比工作重要。因此，在 1980 年代以前的韓劇，女性通常被描寫成順從、犧牲的賢妻良母。尤其是當時劇中女性的職業，幾乎都是從事全職家庭主婦、行政工作、銷售工作等職業，個性較男主角被動和感性，而且通常會將女性描寫成愛依賴人、較無雄心壯志。1980 年代中半起，雖然數量稀少，但開始有挑戰這種刻板觀念的女性角色出現，不過直到 2000 年代，女主角演出的戲劇，主要題材仍為愛情和婚姻。因此，2000 年代出現的戲劇女主角，即使更常擁有較以往明確的職業，最後還是會工作歸工作，以遇見命中註定的愛情或是結婚收尾。尤其是女主角的特質，雖然已經比過去積極主動了，但在刻劃社經階層和職業方面時，擁有的身分階層和職業還是低於男性。而且善良主角和與之對比的壞女人，對工作或愛情展開激烈爭鬥的場面也經常出現。

如今，在 2020 年，韓國電視上沒有不播戲劇的時段。雖然戲劇的類型多是描述家庭和愛情，可是漸漸出現細分年齡層和主題的趨勢了。而且劇中女主角也會因應著時代變化。當今韓國社會的女性角色是如何變化的，透過近期的戲劇便能知曉。在 2015 年的《她很漂亮》拒當美女的黃正音、在 2018 年的《漢摩拉比小姐》飾演熱血法官的高雅羅、在 2019 年的《請輸入檢索詞 WWW》獨立自主的女子 3 人組，以及《山茶花開時》打破偏見的強悍女子孔曉振，都是典型的例子。

單字

- 유가〔儒家〕：名詞 儒家
- 남존여비〔男尊女卑〕：名詞 男尊女卑、重男輕女
- 영향을 미치다：造成影響、產生影響
- 희생적〔犧牲的〕：名詞 冠形詞 犧牲的
- 현모양처〔賢母良妻〕：名詞 賢妻良母
- 전업주부〔專業主婦〕：名詞 全職家庭主婦
- 사무직〔事務職〕：名詞 行政工作、辦公室工作
- 판매직〔販賣職〕：名詞 銷售工作
- 직종〔職種〕：名詞 職業、職業類別
- 종사하다〔從事 --〕：動詞 從事
- 성향〔性向〕：名詞 性向、個性、傾向、嗜好

- 수동적〔受動的〕：名詞 冠形詞 被動的
- 의존적〔依存的〕：名詞 冠形詞 依靠的、依賴的
- 이르다：動詞 到達、來臨
- 주되다〔主 --〕：動詞 為主、主要
- 능동적〔能動的〕：名詞 冠形詞 主動的
- 계층〔階層〕：名詞 階級、階層
- 신분적〔身分的〕：名詞 冠形詞 身分的
- 시간대〔時間帶〕：名詞 時段
- 열혈〔熱血〕：名詞 熱血
- 주체적〔主體的〕：名詞 冠形詞 自主的
- 3 인방：三人幫、三人組

會話 🔊 48

A : 한국 드라마를 보면 제일 무서운 게 시어머니인 것 같아요.

B : 하하하! 그건 어느 나라나 비슷한 거 아니에요?

A : 아니에요. 특히 아침 8시에서 9시에 나오는 드라마가 제일 심해요.

B : 맞아요. 한국 사람들도 그렇게 생각해요. 가끔은 보다 못해 화가 날 때도 있어요. 그렇지만 요즘에 나오는 드라마를 보면 변화된 것 같기도 해요.

A : <며느라기>라는 웹툰을 봤는데 거기 여자 주인공이 결혼 후 자신의 역할에 대해서 많이 고민을 하더라고요. 내가 나인지 아니면 며느리인지 하면서요.

B : 그렇군요. 20년 후는 또 어떨지 궁금하네요.

A：我看韓劇，覺得最可怕的好像是婆婆耶。

B：哈哈哈！那不是每個國家都一樣嗎？

A：不是。尤其是早上8點到9點播的劇最嚴重。

B：對啊，韓國人也那樣覺得。有時候還會看不下去而生氣呢，不過我看最近播出的劇，好像已經有所改變了。

A：我看了《小媳婦期》這部網路漫畫，裡面的女主角在結婚以後，常常煩惱著她的角色到底是自己，還是媳婦。

B：是喔，真想知道20年後又會變成怎麼樣。

文法 🔊 49

A/V- 다 못해 A/V 到了極點、（再也）A/V 不下去

【說明】

이 표현은 앞에 나온 동작이나 상태가 최고조에 도달하여 더 이상 상태를 유지할 수 없거나 오히려 그 정도가 더 심해질 때 사용한다.

用在「前面出現的動作或狀態達到極點，再也無法維持該狀態，或是反而讓程度變得更嚴重」的時候。

【例句】

1. 더 이상은 못 먹겠어요. 맛있어서 너무 많이 먹었더니 배부르다 못해 터질 것 같아요.
   我已經吃不下了，因為好吃就吃了太多，肚子飽到不行，感覺要爆炸了。

2. 악성 댓글에 힘들어하던 연예인 A 씨는 참다 못해 경찰서에 신고를 했다.
   因惡意留言而難受的 A 姓藝人忍耐到了極限，到警察局報案了。

延伸單字 🔊 50

고정관념 〔固定觀念〕刻板印象
여자 아이는 핑크색 , 남자 아이는 파란색 옷을 입어야 한다는 것
자체가 고정관념이다 .
女孩穿粉色衣服、男孩穿藍色衣服的說法，本身就是一種刻板印象。

가부장제 〔家父長制〕父權制度
조선 시대의 가정의 형태는 남성전권적 가부장제의 전형이라고
볼 수 있다 .
朝鮮時代的家庭型態，可以看作是男性專權的典型父權制度。

남녀평등 男女平等
2020 년 통계에 따르면 남녀평등 지수가 가장 높은 나라는 아이
슬란드라고 한다 .
根據 2020 年的統計，男女平等指數最高的國家是冰島。

젠더 〔gender〕性別
지금 한국 사회에서 가장 뜨거운 감자가 바로 젠더 이슈이다 .
現今韓國社會最火熱的就是性別議題。

성차별 〔性差別〕性別歧視
직장 내에서의 “여자는 결혼하고 임신하면 그만둬야지 .”나
“남자가 왜 육아 휴직을 써?”라는 등의 성차별적인 발언은 개
선이 요구된다 .
職場中「女生婚後懷孕了就該離職」或「男生幹嘛請育嬰假？」等性別
歧視的發言被要求改善。

유리천장 〔琉璃天障〕玻璃天花板
여성이나 소수민족 출신자들이 고위직으로 승진을 할 수 없도록
하는 조직 내의 보이지 않는 장벽을 직장 내의 유리천장이라고
한다 .
讓女性或少數民族無法升遷到高階職位的，組織內部的無形阻礙就被稱
作職場中的玻璃天花板。

편견 偏見
< 오만과 편견 > 이라는 책을 읽어 봤어요 ? 주인공 엘리자베스가
너무 사랑스럽던데요 .
你讀過《傲慢與偏見》這本書嗎？主角伊莉莎白非常討人喜歡。

불평등 不平等
정부는 교육 기회의 불평등을 해결하기 위해 고심하고 있다 .
政府正煞費苦心解決教育機會不平等的問題。

혐오 〔嫌惡〕厭惡
정말 혐오의 시대라고 해도 과언이 아닐 정도이다 . 무언가가 싫
을 때에도 별 생각없이 쉽게 ‘극혐’이란 단어를 사용한다 .
就算說是厭惡的時代也不為過。在討厭某個東西時，也容易不假思索地
用到「極厭惡」這個詞彙。

성역할 〔性役割〕性別角色
남성과 여성에게 기대되는 성역할은 환경적인 영향이 클까 ? 아
니면 선천적으로 결정되는 것일까 ?
男性和女性被賦予期望的性別角色，受環境的影響大嗎？還是那是先天
註定好的呢？

미투 운동 Me too 運動
미투 운동은 성범죄의 피해자들이 용기를 내어 자신의 피해 사실
을 다른 사람들에게 알리는 운동으로 2017 년부터 대중화되었다 .
Me too 運動是性犯罪的被害者鼓起勇氣向他人揭露自己受害事實的運
動，從 2017 年開始普及化。

페미니즘 〔feminism〕女性主義
페미니즘이란 여성의 권리를 주장하고 실현하는 것을 목표로 하
는 운동과 이론이다 .
所謂女性主義，是以主張並實踐女性權利為目標的運動和理論。

페미니스트 〔feminist〕女性主義者
공식적으로 페미니스트로 밝힌 한국의 연예인에는 김혜수 , 티파
니 , 공효진 등이 있다 .
正式表態為女性主義者的韓國藝人有金憓秀、Tiffany、孔曉振等等。

성소수자 性少數者
성소수자는 트랜스젠더 , 양성애자 , 동성애자 , 무성애자 등을 포
함하는 개념으로 성적인 부분에서 사회적 소수자의 위치에 있는
사람들을 가르킨다 .
性少數者是一個包含跨性別者、雙性戀者、同性戀者、無性戀者的概
念，指稱在性的部分居於社會少數的人們。

의존적 〔依存的〕依賴的
처음에는 친교 목적으로 한두 잔씩 먹던 술이었는데 , 지금은 알
코올에 너무 의존적이 되어서 걱정입니다 .
起初只是基於社交目的喝個一兩杯酒，現在卻變得過度依賴酒精，令人
擔憂。

독립하다 獨立
어른이 된다는 것은 부모로부터 벗어나 정서적으로나 경제적으
로 충분히 독립한다는 것이다 .
成為大人，就是脫離父母，在情緒上或經濟上都充分地獨立。

순종적 順從的
전근대 시대 때 이상적인 여성상은 남편과 부모님에게 순종적인
여성이었다 .
前近代時期，理想的女性模樣是順從丈夫和父母的女性。

지배적 支配的，主導的，主流的
아파트 가격이 내년에도 계속 상승할 것이라는 것이 부동산 전문
가들의 지배적인 의견이다 .
大廈的價格明年也會繼續上升，這是不動產專家們的主流意見。

수동적 〔受動的〕被動的
칭찬은 고래만 춤추게 하는 것이 아니라 수동적인 팀원도 춤추게
합니다 .
讚美不只能讓鯨魚手舞足蹈，也能讓被動的組員手舞足蹈。

능동적 〔能動的〕主動的
학교 수업에 능동적으로 참여할 때 흥미도 올라가고 학습성취도
도 좋아집니다 .
主動參與學校課程時，興致會提高，學習成就感也會變好。

06

사랑의 불시착

《愛的迫降》

#2019 #16集 #浪漫、感人、愛情

一集約 70~110 分鐘

인도 속담에 그런 말이 있대요. 잘못
탄 기차가 때론 목적지에 데려다
준다고.

有句印度俗諺說，有時坐錯的火車，也會把
你載到目的地。

戲劇介紹 🔊 51

2020 년 가장 큰 이슈는 바로 '코로나 19 팬데믹'일 것이다 . 21 세기 글로벌 시대라는 단어가 무색하게 나라 간의 국경이 차단되는 상황에까지 이르게 되었고 , 사람들간의 교류도 마스크가 없이는 이루어질 수 없게 되자 정신적 육체적으로 힘들어하는 사람들이 점점 많아졌다 . 하지만 작용이 있으면 반작용이 있는 법 , 오히려 코로나 때문에 전세계적으로 엄청나게 유행하게 된 한국 드라마가 있는데 , 그 드라마가 바로 < 사랑의 불시착 > 이다 . 한국에서 유행했을 뿐만 아니라 2 월 4 일부터 5 월 3 일까지 넷플릭스에서 집계된 대만 내 한국 드라마 중에서도 압도적으로 1 위를 하였으며 , 미국의 주간지 옵저버가 선정한 코로나 19 의 사회적 격리 기간 (3 월 21 일 ~3 월 27 일) 동안 세계에서 가장 많이 시청된 넷플릭스 TV 쇼와 영화 순위에서 전체 6 위에 랭크되었다 . 일본에서도 < 겨울연가 > 의 뒤를 이을 정도의 인기를 끌었는데 , 그 이유에는 사람들이 궁금해하는 북한 이야기를 담았던 것도 있지만 현빈과 손예진 두 배우의 연기 호흡도 한몫을 한 것 같다 .

그리고 스토리도 정말 독특했는데 재벌 2 세 윤세리가 패러글라이딩을 타다가 돌풍으로 북한으로 불시착하고 그곳에서 북한 장교 리정혁과 절대 극비 로맨스를 만든다는 내용이다 .

2020 年最熱門的議題應該就是「COVID-19 大流行」了，它讓 21 世紀全球化時代這個詞黯淡無光，連國家之間的國境都封閉了，人與人的交流少了口罩就無法進行，身心疲憊的人漸漸變多。不過，正如同作用勢必帶來反作用，有的韓劇反而因為 COVID-19 而風靡全球，那齣電視劇就是《愛的迫降》。它不僅在韓國流行，也在 2 月 4 日到 5 月 3 日，從 Netflix 統計的在台播出韓劇中，壓倒性奪得第 1 名，還在美國週刊《Observer》選定的「COVID-19 社會隔離期間（3 月 21 日～3 月 27 日），全世界觀看最多次的 Netflix 電視節目和電影排名」整體排名第 6。在日本也掀起了足以接班《冬季戀歌》的人氣，一方面是因為它提及了人們好奇的北韓故事，但似乎也有一部份是因為炫彬跟孫藝真兩位演員對戲的默契。此外，故事真的十分獨特，劇情是財閥 2 代尹世理駕駛滑翔翼時，因一陣疾風迫降在北韓，並在當地和北韓軍官利正赫譜出一段絕密戀情的內容。

單字

- **팬데믹**〔pandemic〕：名詞 盛行、大流行
- **무색하다**〔無色 --〕：形容詞 黯淡無光、慚愧丟臉、無色彩
- **불시착**〔不時着〕：名詞 緊急降落、被迫降落
- **넷플릭스**：Netflix
- **집계되다**〔集計 --〕：動詞 統計、合計
- **압도적**〔壓倒的〕：名詞 冠形詞 壓倒性的、絕對的
- **주간지**〔週刊誌〕：名詞 週刊
- **랭크되다**〔rank--〕：動詞 排行、排名

- **잇다**：動詞 承接、連接、接續
- **호흡**〔呼吸〕：名詞 合拍、呼吸
- **한몫**：名詞 一份
- **재벌**〔財閥〕：名詞 財閥
- **패러글라이딩**〔paragliding〕：名詞 滑翔翼
- **돌풍**〔突風〕：名詞 疾風
- **장교**〔將校〕：名詞 軍官
- **극비**〔極秘〕：名詞 絕對機密

명대사 經典台詞 ◀)) 52

난 보고 싶을 거 같아요. 생각날 거 같아, 가끔… 아니 사실은 자주…

我應該會很想你，應該會一直想起你，偶爾……不，其實是常常……

사람이 설레는 건 끝이 어떻게 될지 모를 때거든.

人的心動，是在不曉得結尾如何的時候才會發生。

팀장님, 바람이 왜 부는 것 같아요? 지나가려고 부는 거예요. 머물려고 부는 게 아니고…

組長，你覺得風為什麼會吹起來呢？是為了經過，不是為了停留……

우리 내일 만날 것처럼 오늘은 사는 게 어떻았소? 하루를 기쁘게 살아보는 게 어떻았소?

我們像明天就要見面一樣，活過今天好嗎？試著開心地度過一天好嗎？

생각이 많을 게 뭐 있소, 좋아하기만 하면 되지.

哪有那麼多事情好想的，高高興興就好啦。

사랑은 이 심장에 새기지 말고 머리에 새겨라. 여기에 새기면 아파서 못 살아.

愛不要刻在心裡，要刻在腦海裡。刻在這裡會痛不欲生。

기차를 잘못 타서 잘못 탄 기차가 데려다 주었소. 매일 아침, 매일 밤 오고 싶었던 여기, 내 목적지에…

因為我搭錯了火車，是搭錯的火車載我來的。我每個早晨、每個晚上都想抵達的這裡，我的目的地……

閱讀更多 ●● 🔊 53

북한이라는 나라는 어떤 나라일까? 사람들 머릿속에는 어떠한 선입견이 있을 것 같다. 이전에 한국에서 북한을 소재로 하는 드라마나 예능은 일단 북한이라는 나라를 정치이념적으로 적으로 놓고 이야기를 시작하는 편이었다. 하지만 이 드라마를 보게 되면 그런 생각이 든다. 아! 북한도 사람 사는 곳이구나. 평범한 북한 사람은 이렇게 생각하고 이렇게 산다는 일상생활을 많이 그려내었다. 사실 이 드라마를 쓸 때 보조 작가로 북한 출신인 곽문완 작가가 참여하였고, 다수의 탈북인에게 자문하면서 썼다고 한다. 그렇기 때문에 <사랑의 불시착> 드라마를 본 탈북자 출신 기자나 유튜버는 드라마에 나오는 북한 주민의 모습에 공감한다는 의견이 많다.

예를 들어, '장마당'이 나오는 장면에서 다수의 탈북민들이 진짜 북한의 장마당과 유사하게 표현했다고 느꼈다고 하였는데, 장마당은 공식적으로 허가를 받은 것도 있지만 불법적으로 운영되는 것도 있다고 한다. 전국적으로 퍼져 있고 북한 주민들이 일상적으로 이용하는 장소이기 때문에 드라마 속에서도 여러 차례 등장한다. 특히 드라마 속에서 리정혁이 윤세리를 위해서 샴푸와 같은 물건을 살 때 상인이 외부에 진열된 상품이 아닌 숨겨둔 남한 상품을 보여주는 데 이런 장면들이 탈북자들의 눈에 실제 장마당과 비슷하다고 느끼게 하는 점들이었다고 한다. 그리고 남한 물건 뿐만 아니라 다른

외국 제품들은 단속반이 갑자기 검문을 할 수 있기 때문에 장마당에서는 팔지 않고 따로 상인의 집에 가서 팔기도 한다고 한다.

그리고 리정혁의 약혼자로 나오는 서단은 10년간의 러시아 유학 생활을 마치고 평양으로 돌아오는데, 실제로 북한에서 외국으로 유학을 가기도 하는데, 일반적으로 중국이나 러시아로 유학을 간다고 한다. 대한무역투자진흥공사의 통계에 따르면 북한에서 중국으로 유학을 가는 학생은 매년 400명 정도이고 이공계 전공이 주를 이룬다고 한다. 그리고 러시아 교육과학부 자료에 따르면 2019년 10월 기준 북한 유학생은 146명이 있다고 한다. 이렇듯 처음에는 이 드라마를 북한이라는 배경에 호기심이 생겨서 보기도 하지만, 마지막에는 '사람간의 사랑'이라는 이야기에 더 깊이 공감하게 된다.

北韓是怎樣的國家呢？人們腦海中應該有著某種既定印象。以前在韓國，以北韓為題材的戲劇或是綜藝，通常偏向將北韓這個國家當成政治理念的敵人，才開始敘述故事，不過看了這部戲以後，我心想：「啊，原來北韓也是人住的地方啊」，劇中經常描繪平凡北韓人的日常生活，刻劃出他們的思考方式和生活模式。其實，聽說在編劇時，不僅有來自北韓的 Kwak Moon-wan 作家參與，擔任編劇助理，編劇過程中也請教過許多脫北者。因此，有許多看到《愛的迫降》的脫北者記者或 Youtuber，都對於劇中出現的北韓居民生活有所共鳴。

舉例來說，在「市集」出現的場景，多數脫北民都認為劇中呈現的和真正的北韓市集非常類似。而且，雖然有的市集受官方核可，但也有市集是非法經營的。因為市集遍布全國，也是北韓住民日常會去到的場所，所以在劇中登場了好幾次。特別是劇中，利正赫要替尹世理購買洗髮精等物品時，商人讓他看的並不是陳列在外的商品，而是藏起來的南韓商品，這也是讓脫北者感到這些場景和實際市集相似的一點。此外，據說不僅是南韓的商品，即使是其他外國產品，稽查小組也可能突然前來盤查，所以市集上並不會販賣，而是另外在商人自家出售。

而且利正赫的未婚妻徐丹，是結束了為期 10 年的俄羅斯留學生活才回到平壤，實際上，北韓人也會到國外留學，聽說一般是到中國或俄羅斯留學。根據大韓貿易投資振興公社的統計，每年約有 400 位學生從北韓到中國留學，並以主修理工領域為主。且俄羅斯聯邦教育與科學部的統計指出，以 2019 年 10 月為基準，當地共有 146 位北韓留學生。如此，雖然起初是對北韓這個背景感到好奇，才觀賞這部戲的，可是最後卻對於「人與人之間的愛」產生了更深的共鳴。

單字

- 선입견〔先入見〕：名詞 成見、既定印象
- 정치이념적〔政治理念〕：名詞 冠形詞 政治理念的
- 그려내다：動詞 描繪出
- 보조〔補助〕：名詞 補助、協助
- 탈북인〔脫北人〕：名詞 脫北者
- 자문하다〔諮問 --〕：動詞 請教、詢問
- 장마당〔場 --〕：名詞 市集
- 유사하다〔類似 --〕：形容詞 類似、相似
- 허가〔許可〕：名詞 核可、批准
- 진열되다〔陳列 --〕：動詞 （被）陳列、羅列

- 숨기다：動詞 隱藏
- 단속반〔團束班〕：名詞 稽查小組
- 검문〔檢問〕：名詞 盤查、訊問
- 약혼자〔約婚者〕：名詞 訂婚對象、未婚夫／妻
- 러시아〔Russia〕：名詞 俄羅斯
- 평양〔平壤〕：名詞 平壤
- 진흥〔振興〕：名詞 振興
- 공사〔公社〕：名詞 公社
- 이공계〔理工界〕：名詞 理工領域、理工科
- 호기심〔好奇心〕：名詞 好奇心

會話  54

A : 요즘 주말에 할 일도 없는데 뭐 재미있는 드라마 없어요 ?

B : < 사랑의 불시착 > 봤어요 ?

A : 아 , 당연하죠 . 진작에 정주행 끝냈어요 . 현빈이 나오는데 안 볼래야 안 볼 수가 없었어요 .

B : 하하하 ! 맞아요 . < 내 이름은 김삼순 > 드라마에서 처음 현빈을 봤는데 , 그 드라마도 정말 재미있었어요 . < 시크릿 가든 > 은 제 인생 드라마잖아요 .

A : 게다가 이번에는 손예진하고 같이 찍어서 얼마나 기대했는지 몰라요 .

B : 둘이 정말 잘 어울려요 . 선남선녀가 따로 없지요 .

A : 그리고 북한의 일상 모습도 신기했어요 . 그 중에 병사 하나가 한국 드라마를 좋아하는데 정말 귀여웠어요 .

A : 我最近週末都沒事做 , 有沒有什麼好看的劇啊 ?

B : 你看過《愛的迫降》了嗎 ?

A : 哦 , 當然囉 , 我早就追完了 。 是炫彬演的 , 怎麼樣都不能不看嘛 。

B : 哈哈哈 ! 對啊 , 我第一次是在《我叫金三順》看到炫彬的 , 那部戲也真的很好看 。《祕密花園》是我最喜歡的電視劇 。

A : 而且這次還是跟孫藝真一起拍攝 , 我當時有多麼期待啊 。

B : 他們兩個真的好登對 , 俊男美女非他們莫屬 。

A : 而且北韓的日常模樣也很神奇 。 裡面還有一個士兵喜歡韓劇 , 真的好可愛 。

文法 55

V-(으) ㄹ래야 V-(으) ㄹ 수가 없다 怎麼樣都不能 V

【 說明 】

말하는 사람이 어떤 행동을 하려고 해도 어떤 이유나 상황 때문에 그 행동을 하는 것이 전혀 가능하지 않다는 것을 강조할 때 사용한다 .

用在強調「即使說話的人想做某個動作 , 卻礙於某種原因或情況 , 完全不可能做出那個動作」的時候 。

【 例句 】

1. 반값 세일을 해서 사지 않을래야 사지 않을 수가 없었어요 .

   有半價特惠 , 怎麼樣都不能不買 。

2. 그 사람 발음이 안 좋아서 무슨 말을 하는지 알아들을래야 알아들을 수가 없네요 .

   那個人的發音不好 , 怎麼樣都聽不懂他在說什麼 。

延伸單字 🔊 56

북한이탈주민 (탈북민) 脫離北韓住民（脫北民）

북한에서 탈출한 사람들을 탈북민이라고 하는데 , 2017 년에 한국으로 입국한 사람 수가 누적 3 만 명이 넘었다 .

脫離北韓的人被稱為脫北民，入境韓國的累積人數已在 2017 年超過 3 萬人。

조선민주주의인민공화국 朝鮮民主主義人民共和國

북한의 대외적 정식 명칭은 조선민주주의인민공화국이다 .

北韓對外的正式名稱是朝鮮民主主義人民共和國。

주체사상 主體思想

조선민주주의인민공화국과 조선로동당의 공식 이념은 주체사상인데 , 다른 말로는 김일성주의라고도 부른다 .

朝鮮民主主義人民共和國和朝鮮勞動黨的官方意識形態就是主體思想，另一種說法叫金日成主義。

이산가족 〔離散家族〕離散家庭

한국 전쟁으로 인하여 남한과 북한으로 떨어지게 된 이산가족들이 만날 날만을 기다린 지 70 년이 넘었다 .

因韓戰而分隔南韓與北韓的離散家庭，已經等待重逢的日子超過 70 年了。

통일부 統一部

통일부는 한국에 있는 특별한 행정기관으로 통일교육 , 남북한의 대화와 교류 등의 업무를 담당한다 .

統一部是韓國的特別行政機關，負責統一教育、南北韓對話與交流等業務。

국가정보원 (국정원) 國家情報院（國情院）

국내외 보안 정보를 수집하거나 국가 기밀을 다루는 정부 기관은 국정원으로 규모나 직원 정보 모두 다 비공개가 원칙이다 .

蒐集國內外安全情報，或是處理國家機密的政府機關即是國情院，原則上規模和員工資訊全都不公開。

스파이 〔spy〕間諜

< 은밀하게 위대하게 > 는 북한에서 넘어 온 스파이들의 이야기를 다룬 영화로 주연은 김수현이 맡았다 .

《偉大的隱藏者》是描寫幾位來自北韓的間諜的電影，由金秀賢擔綱主演。

인권 人權

유엔의 안전보장이사회에서는 비공개 회의를 열고 북한 주민들의 인권 문제를 논의하였습니다 .

聯合國安全理事會舉行過非公開會議，談論北韓住民的人權問題。

비무장지대 (DMZ) 非武裝地帶

한국의 휴전협정에 의해 휴전선으로부터 남 · 북으로 각 2km 의지대가 비무장지대로 정해졌다 .

根據韓國的停戰協定，停戰線南北各 2 公里的地帶被劃為非武裝地帶。

도청 竊聽

도청은 단순하게 그냥 남의 말을 훔쳐 듣는 것이 아니라 범죄이기 때문에 , 도청 행위는 처벌을 받는다 .

竊聽並非單純地偷聽別人講話，而是一種犯罪，所以竊聽行為會受到處罰。

* 南北韓對照單字補充

북한말 北韓話	남한말 南韓話
돌가위보 石頭剪刀布	가위바위보 剪刀石頭布
닭알 雞卵	달걀 雞蛋
이야기그림 故事圖畫	만화 〔漫畫〕漫畫
인민학교 人民學校	초등학교 〔初等學校〕小學
꼬부랑국수 彎麵條	라면 泡麵
아바이 爸爸	아버지 爸爸
오마니 媽媽	어머니 媽媽
과일단물 水果甜水	주스 [juice] 果汁
손전화 手提電話	핸드폰 [hand phone] 行動電話
고기겹빵 麵包夾肉	햄버거 [hanburger] 漢堡
료리차림표 料理菜單	메뉴 [menu] 菜單
손기척 手聲	노크 [knock] 敲門
단묵 甜涼粉	젤리 [jelly] 果凍
가락지빵 戒指麵包	도넛 [doughnut] 甜甜圈
얼굴가리개 遮臉罩	마스크 [mask] 口罩
손가락말 手指語	수화 〔手話〕手語
고뿌 杯子	컵 [cup] 杯子
곽밥 盒飯	도시락 便當
랭동고 [冷凍庫] 冰箱	냉장고 [冷藏庫] 冰箱
로동자 [勞動者] 勞工	노동자 [勞動者] 勞工

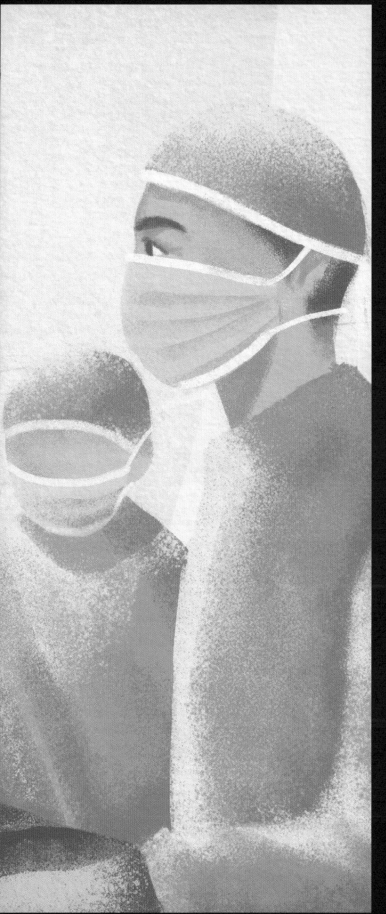

07

슬기로운 의사생활

《機智醫生生活》

#2020　　#12集　　#感人、醫療

#一集約70~110分鐘

넌 좋은 의사가 될 거야. 책임감
있게 도망 안 가고 최선을 다했어.
너, 오늘 진짜 잘했어.

你會成為好醫生的，你很有責任感地沒逃走，
還竭盡了全力。你今天真的很棒。

戲劇介紹 🔊 57

한국에서 초등학교를 다닌 사람이라면 이 드라마의 제목이 매우 친숙하게 다가왔을 것이다 . 왜냐하면 < 슬기로운 생활 >, < 바른 생활 >, < 즐거운 생활 > 이런 제목을 가진 교과목이 바로 초등학교 1, 2 학년들이 반드시 배워야 하는 과목이기 때문이다 . 이러한 친숙한 이름을 가진 드라마 < 슬기로운 의사생활 > 에서 주인공들은 병원에서 일하는 의사들이다 . 그리고 의사와 병원이라는 소재를 사용하여 우리가 살아가는 이야기를 담았다 . 그렇기 때문에 드라마에서 병원은 특별한 장소라기보다는 수많은 사람들의 평범한 이야기를 풀어놓는 곳으로 , 이 곳에서 사람들은 슬픔을 얻기도 하지만 또 다른 사람들로부터 응원을 받기도 하며 , 탄생의 기쁨을 얻기도 한다 . 이 드라마의 주인공은 의대 99 학번 동기들 다섯 명인데 지금은 종합병원에서 각각의 위치에서 열심히 일하며 퇴근 후에는 밴드라는 취미 생활을 같이 하고 있다 . 그렇기 때문에 드라마 내용에 음악까지 어우러져 드라마를 보는 재미가 있었다 . 그리고 이 드라마 역시 응답하라 시리즈의 신원호 PD 가 연출하였는데 이 드라마까지 히트를 치면서 신피디가 연출한 5 개 작품 응답하라 시리즈와 슬기로운 시리즈 모두 흥행에 성공하였다 . < 슬기로운 의사생활 > 은 신피디의 인터뷰를 보면 시즌 3 까지 확정된 것으로 보이며 , 여건만 된다면 미국의 유명한 시트콤 < 프렌즈 > 처럼 호흡이 긴 시즌제 드라마를 만들고 싶다고 하였다 .

在韓國就讀小學的人，應該會覺得這部戲的劇名非常熟悉。因為名為《機智生活》、《正確生活》、《快樂生活》的學科是小學1、2年級一定會學到的科目。擁有這種熟悉劇名的電視劇《機智醫生生活》，主角是一群在醫院工作的醫師，而且這部戲使用了醫師和醫院的題材，融入我們的生活故事。因此，與其說劇中的醫院是個特殊地點，不如說它是道出許多人平凡故事的地方，雖然人們會在此感受到悲傷，但也能從他人身上獲得鼓勵、感受到誕生的喜悅。此劇主角是五名1999年入學的醫學院同學，現在各自在綜合醫院的崗位認真工作，並在下班後一起玩樂團同樂，也因此讓戲劇內容融合音樂，所以觀賞起來很有樂趣。而且這齣戲同樣由請回答系列的申元浩PD執導，連同這部戲的爆紅，申PD執導的5部作品——請回答系列與機智系列全都大受歡迎。看申PD的專訪，他表示《機智醫生生活》確定會拍到第3季，而且如果條件允許，希望能像美國知名情境喜劇《六人行》一樣，做出步調緩慢的季播制電視劇。

單字

- 친숙하다〔親熟 --〕：形容詞 熟悉、親近
- 다가오다：動詞 接近、靠近
- 교과목〔教科目〕：名詞 教學科目
- 풀어놓다：動詞 派出、出動、放出
- 탄생〔誕生〕：名詞 誕生
- 동기〔同期〕：名詞 同屆同學、同年級同學（= 동기생）
- 밴드〔band〕：名詞 樂團
- 어우러지다：動詞 和諧、協調
- 연출하다〔演出 --〕：動詞 執導
- 히트〔hit〕를 치다：走紅、爆紅、受到好評
- 여건〔與件〕：名詞 條件、前提
- 시트콤〔sitcom〕：名詞 情境喜劇
- 호흡〔呼吸〕：名詞 呼吸
- 시즌제〔season 制〕：名詞 季制

명대사 經典台詞 🔊 58

오늘 잘 부탁드립니다. 꼭 살립시다.

今天要麻煩你們了。一定要救活。

의사가 환자에게 확실하게 할 수 있는 말은 딱 하나예요. '최선을 다하겠습니다.' 그 말 하나밖에 없어요.

醫生可以篤定對病人說出的話只有一句——「我會竭盡全力。」就只有這一句。

우리 딱 10분만 있다 시작해요. 아이가 매년 어린이날마다 돌아가신 아빠 때문에 울면서 보낼 수는 없잖아요.

我們等 10 分鐘再開始吧,總不能讓孩子每逢兒童節,就因為過世的爸爸而哭著度過吧。

산모님은, 끝까지 아이를 지키신 거예요. 그것만으로도 대단하신 거예요. 산모님은 최선을 다하셨어요. 정말 고생 많으셨습니다.

產婦,妳直到最後都守護著孩子,光這麼做就已經很了不起了。妳盡力了,真的辛苦妳了。

난 그래서 겨울이가 잘 됐으면 좋겠어. 내 친구 정원이랑. 정원아, 하느님은 이해하실 거야. 그리고, 머리랑 가슴이랑 따로 놀 땐, 여기가 맞아.

所以我才希望冬天可以順利,跟我的朋友政源發展。政源,上帝會理解的。還有,當腦袋和內心不同調的時候,這裡才是對的。

시간이 아까워. 시간이 너무 아까워. 내가 좋아하는 거, 내가 하고 싶은 거, 지금 당장 하면서 살래. 그래서 밴드도 하고 싶었어. 네들…내가 이용한 거야.

我覺得是浪費時間,太浪費時間了。我喜歡的事、想做的事,我當下就想去做,所以我才想玩樂團。你們……是被我利用了。

내가 좋아한다고 말했던가? 오빠랑 연애하자.

我說過我喜歡妳嗎?跟我談戀愛吧。

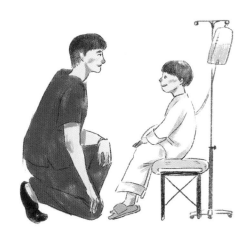

閱讀更多 ●—● ◁》59

한 국가의 의료 시설과 제도는 그 나라의 복지 수준을 말해 준다고 할 수 있다. 한국의 의료의 역사도 그에 맞추어 변화해 왔다. 한국 전쟁 이후의 한국의 의료 시설은 매우 낙후되어 있었기 때문에 여러 다른 나라의 후원을 받기도 하였지만, 아무리 그래도 그 당시의 일반 국민들은 경제적 여유가 없어서 의료 혜택을 못 받는 경우가 부지기수였다고 한다. 그리고 1962년에서야 '의료법'을 재정비하고 보건의료정책이 정부 차원에서 이야기되기 시작하였다. 1970년대로 들어서면서 전에 비하여 국민 소득이 증가하였으며 생활 수준이 좋아지자 이에 따라 채식 위주의 식단을 유지하던 한국인의 육류 섭취가 증가되기 시작하였다. 그에 따라 일반인이 자주 걸리는 질병이 전염병 위주였던 것과는 반대로 암이나 심장병 등의 만성 질환으로 바뀌게 되었다. 그리고 1977년도에 드디어 한국에도 의료보험이 만들어졌으며, 1980년대에는 본격적으로 보건소가 지역마다 세워지기 시작하였다. 그리고 의료 부분이 민간에서 주로 이루어졌고 이로 인한 문제가 많아지자 정부가 적극적으로 개입을 시작하였다.

또한 1989년에 드디어 지역의료보험을 실시하면서 전국민 의료보험시대를 맞게 되었다. 1990년대에 들어서면서 한국 사회에서도 다른 나라와 같이 인구고령화 문제가 나타나기 시작하였을 뿐만 아니라 일반 국민들도 건강에 대한 관심이 커지기 시작하였다. 이에 따라 새로운 의료 시설이 만들어지기 시작하였지만 대형병원이 대부분 대도시에 밀집되는 현상이 두드러지자 2000년 이후에는 공공보건의료를 강화하는 쪽으로 정부의 의료 정책이 변화하였다. 현재 한국의 의료보장 중 가장 핵심적인 제도는 대만과도 거의 비슷한 건강보험제도이다. 한국에서 사는 사람들이라면 국민연금, 고용보험, 산재보험과 같이 꼭 가입해야 하는 4개의 사회보험 중 하나이다. 현재는 미용, 성형 등을 제외한 거의 모든 의료비에 건강보험을 적용한다. 특히 노인의 경우에는 치매국가책임제를 도입하고, 필수적인 난임시술에는 모두 건강보험을 쓸 수 있도록 바뀌었다.

一個國家的醫療設施和制度可謂是該國福利水準的詮釋，韓國的醫療史也是隨之變化而來。據說韓戰後的韓國醫療設施非常落後，曾接受其他國家的支援，但即便如此，當時一般民眾在經濟上並不寬裕，無法獲得醫療優惠的情況不計其數。後來，直到 1962 年才重新調整「醫療法」，並由政府開始研議保健醫療政策。進入 1970 年代後，民眾所得較先前高，且生活水準提升，讓本來餐點以蔬食為主的韓國人開始增加肉類的攝取，導致一般人經常罹患的疾病，從本來的以傳染病為主，轉為癌症或心臟病等慢性疾病。後來在 1977 年，韓國終於打造出醫療保險，並於 1980 年代正式在各地區設立保健所，而且，由於醫療部分主要發生在民間，所以隨著（醫療）問題增加，政府也開始積極介入。

此外，1989 年終於實施了地區醫療保險，全國民眾迎來醫療保險時代。進入 1990 年代後，韓國社會不僅和其他國家一樣，開始出現人口高齡化的問題，一般民眾也開始更注重健康。雖然新的醫療設施相繼出現，卻發生了大型醫院大多集中在大城市的現象，在 2000 年以後，政府的醫療政策才朝著公共保健醫療的方向改變。目前韓國醫療保障最核心的制度，是幾乎和台灣一樣的健康保險制度。這和國民年金、雇傭保險、工傷保險一樣，是住在韓國的人必須加入的 4 種社會保險之一。目前除了美容、整形以外，幾乎所有醫療費用都適用健康保險，特別是針對老人導入了「失智國家責任制」，而必要的不孕治療，也改成所有人都能使用健康保險了。

單字

- 낙후되다〔落後 --〕：動詞 落後
- 부지기수〔不知其數〕：名詞 不計其數
- 재정비하다〔再整備 --〕：動詞 重新調整、重新整頓
- 차원〔次元〕：名詞 角度、立場、層次
- 채식〔菜食〕：名詞 素食、蔬食
- 식단〔食單〕：名詞 食譜、菜單
- 섭취〔攝取〕：名詞 攝取
- 전염병〔傳染病〕：名詞 傳染病
- 만성질환〔慢性疾患〕：名詞 慢性疾病
- 본격적〔本格的〕：名詞 冠形詞 正式的
- 보건소〔保健所〕：名詞 保健所

- 민간〔民間〕：名詞 民間
- 개입〔介入〕：名詞 干涉、參與、介入
- 인구고령화〔人口高齡化〕：名詞 人口高齡化
- 밀집되다〔密集 --〕：動詞 集中、密集
- 두드러지다：形容詞 突出、顯著、鼓鼓的
- 핵심적〔核心的〕：名詞 冠形詞 核心的
- 연금〔年金〕：名詞 年金
- 산재〔產災〕：名詞 工傷、職業傷害
- 치매〔癡呆〕：名詞 失智、癡呆
- 난임〔難妊 / 難姙〕：名詞 不孕
- 시술〔施術〕：名詞 治療、實施手術

會話 🔊 60

A : 저는 정말 < 슬의생 > 드라마 때문에 조정석이란 배우에 빠졌어요 .

B : 조정석 배우가 정말 다재다능하죠 . 연기도 잘하고 노래도 잘하고 게다가 유머까지… 정말 볼매예요 .

A : 볼매요 ? 그게 무슨 말이죠 ?

B : 아 ! 이 신조어 몰라요 ? 볼수록 매력적이란 뜻이에요 .

A : 하하하 , 정말 조정석 씨한테 딱인 별명이네요 . 그리고 드라마도 볼매였어요 . 보면 볼수록 어찌나 가슴이 따뜻해지던지요 .

B : 맞아요 . 병원과 의사가 나오지만 결국은 사람 사는 이야기잖아요 .

A : 처음에는 수술에 쓰이는 의료 용어들이 너무 어려워서 볼까 말까 생각했는데 자세하게 몰라도 상관 없더라고요 .

A : 我真的因為《機醫生》這部戲迷上了曹政奭這個演員。

B : 曹政奭真的很多才多藝，會演戲、唱歌好聽，還很幽默……真的是越魅耶。

A : 越魅？那是什麼意思？

B : 哦！你不知道這個新造語嗎？是越看越有魅力的意思。

A : 哈哈哈，真的是個適合曹政奭的綽號耶。而且這齣戲也是越魅。越看越覺得內心變得非常溫暖。

B : 對啊，雖然在演醫院跟醫生，到頭來還是人生的故事嘛。

A : 我起初因為手術用到的醫療用語太難，猶豫過要不要看，但就算不太了解也不影響呢。

 🔊 61

어찌나 A/V 던지 多麼 A/V、非常 A/V

【說明】

말하는 사람이 생각할 때 과거에 발생한 상황이 상당했음을 강조할 때 사용한다 .
用在「說話的人回想起來，強調過去發生的情況相當誇張」的時候。

【例句】

1. 선생님이 수업을 어찌나 잘하시던지 두 시간이 눈 깜짝할 사이에 지나갔어요 .
   老師多麼會上課啊，兩小時在轉眼間就過了。

2. 어제 친구네 집에 가서 밥을 먹었는데 , 친구 어머니 손맛이 어찌나 좋으시던지 저도 모르게 밥을 두 그릇이나 먹었어요 .
   昨天到朋友家吃飯，朋友媽媽的手藝非常好，我不知不覺就吃了兩碗飯。

延伸單字 🔊 62

국민건강보험 國民健康保險
한국에서 국민건강보험은 줄여서 '건보'라고도 말한다.
韓國也會將國民健康保險簡稱為「健保」。

사회보험 社會保險
한국의 5대 사회보험에는 국민건강보험, 산재보험, 국민연금, 고용보험, 장기요양보험이 있다.
韓國的5大社會保險包含國民健康保險、工傷保險、國民年金、雇傭保險、長期療養保險。

구급차 〔救急車〕救護車
응급한 환자가 발생했을 때 구급차가 바로 출동한다.
出現緊急患者時，救護車就會馬上出動。

응급실 〔應急室〕急診室
응급실은 24시간 긴급하게 운영되기 때문에 항상 긴장감이 흐른다.
急診室24小時急速運作，所以總瀰漫著一股緊張感。

응급의학과 〔應急醫學科〕急診科
응급의학과에서는 여러 유형의 환자를 수시로 볼 수밖에 없다.
在急診科一定會隨時看見各種類型的病人。

흉부외과 〔胸部外科〕胸腔外科
의대생들이 기피를 하는 과 중에 흉부외과가 있는데, 그 이유는 육체적으로 힘든데 반해 보상은 적고 미래가 불투명하기 때문이라고 한다.
據說醫學院學生避諱的其中一個科別，就是胸腔外科，因為身體操勞，報酬卻很少，前景也不透明。

소아청소년과 小兒青少年科
일반적으로 어린이나 청소년이 아플 때 가는 곳이 소아청소년과지만 성인도 진료를 받을 수 있다고 한다.
一般來說，小孩或青少年生病時去的地方是小兒青少年科，但聽說成人也可以接受治療。

산부인과 〔產婦人科〕婦產科
제가 어렸을 때 좋아하던 시트콤 중에 <순풍산부인과>가 있었는데, 정말 재미있었어요.
我小時候喜歡的一齣情境喜劇是《順風婦產科》，真的很好看。

산후조리원 〔產後調理院〕月子中心
한국에서 최초로 산후조리원이 등장한 시기는 1995년이다.
韓國首間月子中心登場的時期是1995年。

신경외과 神經外科
신경외과의 대상은 신경과 신경조직을 주로 말한다.
神經外科的治療對象，主要指神經和神經組織。

성형외과 〔成形外科〕整形外科
성형외과는 일반 미용을 위한 성형과 손상된 신체 부위를 복원하는 재건성형으로 나뉘어진다.
整形外科分成一般美容整形，以及復原受損身體部位的重建整形。

피부과 皮膚科
요즘 업무 스트레스로 여드름이 많이 생겨서 피부과에 가서 진료를 받아야 할 것 같아요.
最近因為工作壓力長了好多痘痘，可能要去皮膚科接受診療了。

내과 內科
독감에 걸려서 집 근처의 내과에 다녀왔어요.
因為得到流感，去了住處附近的內科一趟。

인턴 〔intern〕實習
한국에서 의사 국가고시에 붙으면 일 년 동안 인턴 수련 기간을 거친다.
在韓國，醫生通過國家考試後，要經過為期一年的實習訓練。

레지던트 〔resident〕住院醫師
인턴 후 전문과를 정해서 수련을 시작하는 것이 레지던트 과정이라고 한다.
在實習結束後選定專科開始訓練的，就叫作住院醫師階段。

수간호사 〔首看護師〕護理長
일반 간호사들을 관리하는 간호사를 수간호사라고 하는데, 일반적으로 병동 내에서 가장 경력이 많은 간호사가 맡는다.
管理一般護理師的護理師就叫護理長，一般由病房當中資歷最深的護理師擔任。

수술 手術
한국에서는 2010년대부터 로봇을 이용한 수술이 활발하게 사용되었다.
運用機器人進行的手術自2010年代起在韓國活用。

마취 麻醉
사랑니를 뽑으러 치과에 갔는데, 마취를 하기 전부터 너무 무서워서 집에 가고 싶었어요.
我去牙科拔智齒，還沒打麻醉，就害怕得想回家了。

몸조리하다 調養身體
한국과 대만에서는 아이를 낳으면 일반적으로 산후조리원에서 몸조리를 한다.
在韓國和台灣，生完小孩之後，一般會到月子中心調養身體。

건강검진 〔健康檢診〕健康檢查
건강한 인생을 위해서 정기적인 건강검진이 중요하다.
為了健康的人生，定期健康檢查十分重要。

08

사이코지만
괜찮아

《雖然是精神病但沒關係》

#2020　#16 集　# 浪漫、另類幽默、愛情

一集約 70~80 分鐘

혹시 운명을 믿어요 ? 운명이 뭐 별건
가… 이렇게 필요할 때 내 앞에
나타나 주면 그게 운명이지 .

你相信命運嗎？命運哪有什麼特別的……需
要時出現在面前的，就是命運。

戲劇介紹 🔊 63

2020년 여름에 가장 흥행에 성공한 드라마로는 < 사이코지만 괜찮아 > 를 꼽을 수 있다. 주인공은 바로 < 별에서 온 그대 > 의 김수현과 이번 드라마로 많은 인기를 얻은 서예지이다. 꽃미남과 꽃미녀가 나오는 이 드라마는 평범한 로맨틱 코미디가 아니라 마음 속 깊은 곳에 결핍을 가진 사람들이 서로 위로해 주는 드라마이다. 여자 주인공인 고문영은 비록 유명한 동화 작가이며 외모도 출중하지만 성격이 아주 제멋대로인 반사회적 인격성향을 가지고 있다. 그리고 남자 주인공 역의 문강태는 정신병동의 보호사로 성격도 좋고 일도 잘하는 반면 일곱 살 많은 자폐증의 형 문강태와 늘 함께 살고 있다. 비록 형하고는 둘도 없는 사이이지만 그래도 마음 속으로는 항상 일탈을 꿈꾸며 산다. 이런 두 사람이 강력한 첫만남을 가진 후 '괜찮은 (정신) 병원' 에서 이런저런 사건들을 해결하면서 이 두 사람의 과거 이야기도 함께 전개된다. 이 드라마는 스토리도 흥미롭지만 더 주목을 받았던 이유에는 여자 주인공 서예지의 헤어스타일과 패션도 있었다. 고문영은 자신의 약함을 감추기 위해 말투도 거칠고 옷도 특별하게 입었는데 , 한눈에 보기에도 평소에 입는 옷이 아닌 패션쇼 런웨이에서나 볼 것 같은 드레스나 액세서리였다. 그렇기 때문에 드라마가 끝나고 나서도 한동안 서예지 스타일이 화제의 중심에 있었다.

2020 年夏天最受歡迎的戲劇，就屬《雖然是精神病但沒關係》了。主角是《來自星星的你》的金秀賢，以及因此劇竄紅的徐睿知。花美男與花美女演出的這部戲並不是平凡的浪漫愛情喜劇，而是內心深處擁有缺陷的人們互相安慰的戲劇。女主角高文英雖是知名童話作家，外表也出眾，卻具有非常我行我素的反社會人格傾向。而男主角文鋼太是精神病房的護工，個性好又能幹，卻總是和大自己七歲的自閉症哥哥文尚太住在一起，雖然和哥哥手足情深，但內心總夢想著脫離他生活。這兩個人經歷強烈的初次邂逅後，在「沒關係（精神病）醫院」解決了各式各樣的事件，兩人的過往故事也一同展開。這部戲本身劇情就有趣，但它之所以更受矚目，一方面也是因為女主角徐睿知的髮型和穿搭。高文英為了隱藏自己的弱點，語氣粗魯、衣服也穿得很特別，一看就知道那並不是平時穿的衣服，而是時裝秀伸展台上才會看見的禮服或飾品。因此，戲劇播完之後，徐睿知的風格有好一陣子都是話題的中心。

單字

- 로맨틱〔romantic〕：名詞 浪漫
- 코미디〔comedy〕：名詞 喜劇
- 제멋대로：副詞 隨心所欲
- 반사회적 인격성향〔反社會人格性向〕：名詞 反社會人格傾向
- 정신병동〔精神病棟〕：名詞 精神病房
- 자폐증〔自閉症〕：名詞 自閉症
- 일탈〔逸脫〕：名詞 脫離、離開
- 강렬하다〔強烈 --〕：形容詞 強烈、猛烈
- 전개되다〔展開 --〕：動詞 展開、發展、進行
- 말투〔- 套〕：名詞 口氣
- 거칠다：形容詞 粗、粗劣、粗糙
- 패션쇼 런웨이〔fashion show runway〕：名詞 時裝秀伸展台
- 드레스〔dress〕：名詞 禮服、洋裝
- 액세서리〔accessory〕：名詞 飾品

명대사 經典台詞 🔊 64

네가 내 안전핀 해라. 내가 펑 안 터지게 꽉 붙잡고 있으라고…

你當我的保險銷吧，緊緊抓著我，讓我不會砰一聲爆炸……

그러니 잊지 마. 잊지 말고 이겨 내. 이겨 내지 못하면 너는 영혼이 자라지 않는 어린애일 뿐이야.

所以別忘記。不要忘記，要成功克服。要是克服不了，你的靈魂只會是個長不大的孩子。

지금 불행을 다 몰아서 쓰는 거면 이제 앞으로 행복만 남았네요.

如果現在遭遇完所有的不幸，以後就只剩下幸福了呢。

가족을 목숨 걸고 지키는 거… 생각해 보니까 꽤 멋지고 근사한 거 같아.

賭上性命守護家人……回想起來，好像滿酷、滿帥氣的。

원래 사는 게 죽을 만큼 힘들면 도망이 제일 편해.

要是活著跟死了一樣痛苦，還是逃跑最輕鬆了。

내가 지켜줄 거야. 내가 형이고 오빠니까. 내가 보호자야 보호자.

我會守護你的。因為我是你哥，也是她的哥哥，我是監護人，是監護人。

몸은 정직해서 아프면 눈물이 나지요. 근데 마음은 거짓말쟁이라 아파도 조용하지요.

身體是誠實的，一不舒服就會流淚。可是心很愛說謊，就算不舒服，也悶不吭聲。

閱讀更多 ●—● ◁》 65

이 드라마가 나오기 이전에 < 괜찮아 사랑이야 > 라는 드라마에서도 심리적으로 불안정한 사람들의 이야기를 다룬 적이 있으며, 이 드라마 역시 그 당시 많은 화제를 모으고 인기도 많았다. 얼굴도 성격도 완벽한 사람들이 주로 나오는 드라마가 유행하던 시대에서 마음의 상처를 가진 남녀가 만나서 사랑한다는 스토리가 사람들의 공감을 이끌어냈다. < 사이코지만 괜찮아 > 의 남녀 주인공 모두 그냥 보기에는 완벽하지만 내적으로 많은 아픔을 가지고 있다. 그리고 드라마의 배경이 되는 곳도 바로 정신병원인 '괜찮은 병원'이다. 병원 이름도 재미있다. 안 괜찮은 사람들이 모여 있는 곳이기는 한데 이곳에 있으면 괜찮아질 것 같은 병원이기 때문이다. 현재 한국에서도 이런 정신병원이 늘어나는 추세이며, 전국민의 정신 건강을 위하여 지역마다 '정신건강증진센터'가 만들어지기 시작하였다. 이 곳에서는 다양한 서비스를 제공하는데, 그 중에서도 특히 우울증 환자의 치료비를 일정 부분 지원해 주고 있다. 이런 곳이 만들어진 이유는 한국에서 정신병을 사회적으로 안 좋게 보는 경향이 강해서 사람들이 진료를 기피하는 경우가 많았기 때문이다.

게다가 한국은 한국 전쟁 이후 황폐해진 후에 경제적으로 급속도로 성장한 국가이다. 그렇기 때문에 사회적 성공을 매우 갈망하고 그것을 이루지 못

할 경우 상대적 박탈감도 매우 큰 편이다. 게다가 금융위기를 겪은 후 다시 도약을 하기는 했지만 그 후유증으로 여러 가지 사회적 문제가 발생하였다. 그 사회적 문제 가운데 하나가 바로 국민의 정신 건강 문제이다. 대한신경정신의학회에서도 '한국은 정신과 치료를 찾아야 할 환자 다섯 명 가운데 한 명만 병원을 찾고 있는 상황'이라고 말했으며 항우울제 소비량도 다른 OECD 국가 평균의 35% 에 불과하다고 한다. 이 때문에 우울증이 점점 더 심해지고 개인적, 사회적으로도 부정적인 결과를 낳게 되었다. 이러한 현상에 대한 진단으로 현재는 우울증도 병의 일종으로 치료를 하면 좋아질 수 있다는 것을 여러 매체를 통하여 알리고 있는 중이다.

在這部戲出現以前，《沒關係，是愛情啊！》這部戲也描繪過心理狀態不穩的人物故事，此劇當時同樣引起了許多話題，並廣受歡迎。在角色大多是長相和個性皆完美的電視劇流行的年代，擁有心靈創傷的男女相遇、相愛的劇情，引起了人們的共鳴。《雖然是精神病但沒關係》的男女主角乍看之下都很完美，內在卻擁有許多傷痛。而且，劇中的背景是「沒關係精神病醫院」這一座精神病院，醫院的名字也很有趣，因為那裡是有問題的人聚集的地方，但又是待在這裡，就能夠沒問題的醫院。目前在韓國，這種精神病院也有增加的趨勢，為了全體民眾的精神健康著想，各個區域開始設立「精神健康提升中心」。這個地方提供各式各樣的服務，其中特別針對憂鬱症患者的治療費用，提供了一定程度的協助。之所以設立這種地方，是因為韓國社會以負面眼光看待精神病的傾向仍然強烈，使得人們常忌諱接受診療。

此外，韓國是在經歷戰爭，變得貧乏之後，經濟急速成長的國家，因此非常渴望在社會上獲得成功，如果沒辦法做到這一點，感受到的相對剝奪感也非常強烈。再加上經歷金融危機以後，雖然經濟再次起飛，金融危機的後遺症還是導致了各項社會問題的發生。其中一項社會問題，即是民眾的精神健康問題。大韓神經精神醫學會說：「在韓國，在五位需要到精神科尋求治療的患者當中，只有一位會去看醫生。」，也表示韓國的抗憂鬱劑消費量，僅不過是其他 OECD 國家平均值的35%。因此，憂鬱症的問題漸漸惡化，也在個人和社會層面產生了負面的結果。目前正透過各種媒體倡導「憂鬱症是一種疾病，治療後就能好起來」的觀念，作為對這種現象的診斷。

單字

- **정신건강증진센터**：名詞 精神健康提升中心
- **우울증**〔**憂鬱症**〕：名詞 憂鬱症
- **기피하다**〔**忌避 --**〕：動詞 忌諱、逃避
- **황폐하다**〔**荒廢 --**〕：動詞 荒蕪、貧乏
- **급속도**〔**急速度**〕：名詞 迅速、急速
- **갈망하다**〔**渴望 --**〕：動詞 渴望、渴求
- **박탈감**〔**剝奪感**〕：名詞 剝奪感

- **금융위기**〔**金融危機**〕：名詞 金融危機、金融風暴
- **도약**〔**跳躍**〕：名詞 跳躍、飛躍、突破
- **후유증**〔**後遺症**〕：名詞 後遺症
- **항우울제**：名詞 抗憂鬱劑、抗憂鬱症藥物
- **진단**〔**診斷**〕：名詞 診斷
- **일종**〔**一種**〕：名詞 一種
- **매체**〔**媒體**〕：名詞 媒體

會話 🔊 66

A : 서예지가 입고 온 저 드레스 좀 보세요. 정말 일반 사람들은 소화하기 어려운 패션 스타일이네요.

B : 맞아요. 저 개미허리 좀 보세요. 우와! 도대체 어떻게 저런 몸매를 유지하는 건지 궁금하네요.

A : 저렇게 예쁜데 드라마 속에서 말투는 정말 걸걸해요.

B : 하하하! 맞아요. 진짜 외모는 동화 속 공주님인데, 말하는 건 정말 그 정반대더라고요.

A : 그러건 말건 남자 주인공은 여자 주인공의 매력에서 빠져나오질 못하죠.

B : 그건 드라마의 불변의 법칙인걸요. 전 이런 해피엔딩의 드라마가 좋아요. 새드엔딩은 별로예요.

A : 你看徐睿知穿的那件洋裝，真的是一般人難以駕馭的時尚風格耶。

B : 對啊，你看她的螞蟻腰，哇塞！好想知道她到底是怎麼維持那種身材的。

A : 她那麼漂亮，可是在戲裡的語氣真的很低沉嘶啞。

B : 哈哈哈！對啊，外表真的像是童話裡的公主，講起話來卻恰恰相反。

A : 不管是不是那樣，男主角都會深陷於女主角的魅力，無法自拔吧。

B : 那是電視劇不變的法則嘛，我喜歡這種喜劇收尾的劇，不太喜歡悲劇收尾的。

文法 🔊 67

A/V- 건 A/V- 건 不管 A/V- 或 A/V-

【說明】

이 표현은 비교 가능한 내용이나 반대되는 내용을 나열하면서 그중 어느 경우를 선택해도 뒤에 따라오는 결과나 상황은 같을 때 사용한다. 또한 이 표현은 'A/V- 거나 A/V- 거나'의 준말이다.
用在「將可以比較的內容或相反的內容並列出來，無論選擇了當中的哪一個，產生的結果或情況都一樣」的時候。
而這種說法是「A/V- 거나 A/V- 거나」的縮寫。

【例句】

1. 좋건 싫건 제 형이에요. 저는 형하고 떨어져서 살 수 없어요.
   不管喜歡或討厭，他都是我的哥哥。我不能跟哥哥分開生活。

2. 결혼을 하건 하지 말건, 어쨌거나 전 아이는 낳고 싶어요.
   不管結不結婚，我就是想生小孩。

延伸單字 🔊 68

사이코패스 〔psychopath〕精神病態
영화 < 다크 나이트 > 봤어요? 거기 나오는 조커가 딱 사이코패스의 전형이에요.
你看過電影《黑暗騎士》嗎？裡頭的小丑正好是典型的精神病態。

소시오패스 〔sociopath〕反社會人格
자신의 성공을 위해서 수단과 방법을 가리지 않고 나쁜 짓을 하며, 특히 이렇게 할 때 양심의 가책을 느끼지 않는 사람을 소시오패스라고 부른다.
為了自身的成功，不擇手段和方法做出壞事，尤其是這麼做的時候，還不會遭受良心譴責的人，被稱作反社會人格。

정신병 〔精神病〕精神疾病
코로나로 인해서 다른 병보다 정신병으로 병원에 가는 사람이 늘었다고 한다.
據說因為 COVID-19 的關係，因精神疾病去看醫生的人，比其他疾病還多。

우울장애 〔憂鬱障礙〕憂鬱症
우울장애는 치료가 가능한 병으로 마음의 감기라고도 불린다.
憂鬱症是可治療的疾病，也被稱為心靈的感冒。

트라우마 〔trauma〕創傷、陰影
저는 큰 교통사고로 운전에 트라우마가 생겼어요. 트라우마를 극복할 방법은 없을까요?
一場重大車禍讓我對開車產生了陰影，有沒有什麼克服創傷的方法呢？

항우울제 抗憂鬱劑
항우울제는 반드시 의사의 권고에 따라서 복용해야 한다.
抗憂鬱劑一定要遵從醫師的醫囑服用才行。

알코올 중독자 〔alcohol 中毒者〕酒精成癮者
알코올 중독자들은 잠을 잘 자지 못하며 우울하거나 감정을 잘 통제하지 못하는 사람이 많습니다.
酒精成癮者無法順利入眠，還有許多人會感到憂鬱，或是無法妥善控制感情。

수면제 〔睡眠劑〕安眠藥
불면증을 치료할 때 수면제보다 더 중요한 것은 규칙적인 생활 습관이라고 합니다.
據說治療失眠時，比安眠藥更重要的是規律的生活習慣。

자폐증 自閉症
드라마 < 사이코지만 괜찮아 > 에서 자폐증을 앓고 있는 형을 연기한 오정세 배우의 연기가 매우 기대된다.
演員吳正世在戲劇《雖然是精神病但沒關係》飾演患有自閉症的哥哥，他的演技非常令人期待。

격리 隔離
전염병에 걸린 사람들과 접촉하였을 때는 다른 사람과의 접촉을 줄이기 위해 격리를 하기도 한다.
和罹患傳染病的人有所接觸時，會為了減少與他人的接觸，而進行隔離。

감금되다 （被）監禁
영화 < 올드보이 > 에서 주인공 오대수는 사설감옥에 15 년간 감금되었다가 풀려났다.
電影《原罪犯》的主角吳大秀被監禁在私人監獄 15 年，才遭釋放。

외면하다 〔外面 --〕逃避
동물 학대가 심각합니다. 잔인한 현실을 외면하지 말아 주세요.
虐待動物的問題嚴重，請不要逃避殘忍的現實。

온기 〔溫氣〕溫暖，熱氣
이 소설에서는 엄마의 온기 가득한 딸을 향한 사랑이 느껴집니다.
在這本小說中，會感受到母親對女兒充滿溫暖的愛。

치유 治癒、療癒
산림치유는 숲을 이용하여 몸과 마음의 건강을 증진시키는 활동이다.
森林療癒是利用森林，促進身體和心靈健康的活動。

결핍 缺乏、缺陷
애정결핍이 있는 사람들은 대부분 가족에게서 받은 상처를 안고 살아가는 경우가 많다.
缺乏關愛的人，大部分常是帶著被家人傷害的傷口生活的。

위안을 받다 得到安慰
몸도 마음도 힘든 날에는 옥상달빛의 < 수고했어, 오늘도 > 란 노래를 들으며 위안을 받고는 한다.
聽說在身心俱疲的日子，聆聽屋頂月光的〈今天也辛苦了〉，就會得到安慰。

규칙적 規律的
저는 규칙적인 생활을 위해 아침밥을 먹는 습관을 들이기 시작했어요.
我為了規律的生活，開始培養吃早餐的習慣。

충동적 衝動的
아이가 충동적이거나 과잉 행동을 하면 ADHD 를 의심해 봐야 한다.
要是孩子衝動，或是動作反應過度，就必須懷疑他是 ADHD。

관종 求關注者、想紅的人
인터넷에 악플을 습관적으로 다는 관종들은 거짓말을 밥 먹듯이 한다.
習慣在網路上留下惡意評論的求關注者，說謊就像是家常便飯。

중 2 병 中二病
한국에서 중 2 병이라는 단어가 좋은 뜻으로 쓰이지 않는데 그 이유는 단어 자체에 '미성숙하고 유치하며 자아도취에 빠져 있다'는 의미가 있기 때문이다.
中二病這個詞彙在韓國不是用於褒義，因為詞彙本身有著「不成熟、幼稚又自戀」的意思。

생활

LIFE

韓劇對韓國的影響　드라마 X 한국

韓劇在台灣的模樣　드라마 X 대만

＃ 引進 都買啦！哪次不買！韓劇版權貿易到底在幹嘛？

＃ 引進 透視螢幕後的電視台採購 Know-How

＃ 製作 字幕譯者，請回答！

＃ 製作 用聲音賦予新生命，韓劇配音原來是這樣！

＃ 社群 流流量背後的真心：我的救生圈

韓劇對
韓國的影響

撰文・張鈺琦

許多媒體常探討韓劇，甚至韓流對輸出國的影響，卻忘了韓劇對其發源地「韓國」的影響。其實，從韓國進入民主化，接著有「文化總統」之稱的金大中總統宣布「文化立國」政策後，韓國影視媒體的蓬勃發展，不只對輸出國，甚至對自身的影響也是不容小覷的，以下試以筆者在韓國觀察與所學，針對社會、經濟與文化語言等層面來進行探討，簡述韓劇對韓國造成的影響。

對社會的影響

　　韓劇對社會的影響一詞聽來空泛，一如「戲如人生、人生如戲」一般，究竟是韓國社會為韓劇提供創作的素材面向，亦或者是韓劇改變了韓國人，甚至是韓劇輸出國的生活風情畫，其實是個近似於「雞生蛋、蛋生雞」的討論，故而，在此僅簡單針對社會結構與價值觀的改變，做簡單的探討。

影響對既定職業的認同 擺脫三師更具多元性

　　2005 年，由編劇金渡雨改編的《我叫金三順》（내 이름은 김삼순）席捲韓國，這個外表胖胖，內心自卑，個性也稱不上溫柔的金三順（金宣兒 飾），絕對和「女主角」一詞劃不上等號，然而，一直到十五年後的今天，這個胖女孩的愛情故事，一樣是很多人心中的「人生連續劇（인생 드라마）」[1]，在最後一集時，還創下 51.5% 的收視率，據韓國友人的說法，播出時整條街道上幾乎沒有人，因為大家都要趕回家看金三順；就連少數營業的包裝馬車（포장마차），上面的小電視也是播放著《我叫金三順》，晚下班的人，喝著小酒和老闆們一起目不轉睛地盯著電視，這對於今天只要付費就能隨時隨地收看各類節目的我們來說，真的是非常難想像，而這部「兩個人就有一個人」在收看的電視劇，恐怕至今仍無其他作品能超越這個佳績。《我叫金三順》不只創下令人難以望其項背的收視率，金三順情侶約會的南山（現稱為Ｎ首爾塔）與濟州島漢拏山皆成為著名觀光區與拍照打卡景點，那時，所有的人攀上了漢拏山，都要模仿金三順在上面大叫一句「三石啊～（삼석아～）」，甚至我學生中也不乏有人為了這部連續劇，在安排濟州島旅行時，特地安排一天要爬漢拏山。《我叫金三順》造成的觀光效益，令人咋舌。

　　除了由本國人和觀光客造成的經濟奇蹟外，《我叫金三順》甚至造成了很多人的志向大轉變，這應該是當初戲劇播出前沒料到的現象。尤其是女主角金三順對製

▲ 位於濟州島的漢拏山

作蛋糕甜點的那份執著，編劇也很貼心地將與甜點相關的印象與內涵和每集的標題結合，如第一集「人生就是裝滿酒心巧克力的巧克力盒（인생은 봉봉 오 쇼콜라가 가득든 초콜릿상자입니다）」、第六集「親吻的熱量，愛的熱量（키스의 열량，사랑의 열량）」、第七集「瑪德蓮，尋找逝去的時光（마들렌，잃어버린 시간을 찾아서）」等，因為這個戲劇，讓很多不懂甜點的人，在看到瑪德蓮蛋糕時，都能準確地叫出它的名字，也讓「蛋糕師（파티쉐／Patisserie）」這個職業開始受到重視，在此之前，成為一個甜點師傅，並不是那麼令人憧憬的職業，同時，哪怕做不成專業的蛋糕師，做蛋糕，也成為很多人的興趣，根據韓國聯合新聞（2005.07.17）的報導指出，因為《我叫金三順》的影響，連手工做的蛋糕、甜點都成為網購的人氣商品，製作糕點的 DIY 器具的銷售也大攀升。

　　緊接著，2007 年的《咖啡王子一號店》（커피 프린스 1 호점）讓「咖啡師（바리스타／Barrista）」這個職業變身為年輕人憧憬的職業，根據韓國勞動、產業媒體「參與與革新」在 2007 年 9 月 4 日的報導指出，《咖啡王子一號店》顛覆了大家對咖啡師的看法，原本大家認為在咖啡廳中泡製咖啡的人是「工讀生」，而在《咖啡王子一號店》之後，他們成為專門的職業，大家也越尊重咖啡師。[2] 連續劇主角的職業，從財閥企業

1　韓國習慣在各品項前加入「人生（인생）」一詞來強調其代表性，如「人生之歌」、「人生連續劇」、「人生單品」……等。
2　參與與革新（2007.09.04）網址 http://www.laborplus.co.kr/news/articleView.html?idxno=1536

家、醫師、刑警，轉變成更貼近人們生活的職業，直至今日，連續劇編劇們仍為了設定主角們的職業而不斷進修。像是更早期的《情定大飯店》（호텔리어）中的飯店從業人員、《紳士的品格》（신사의 품격）的建築師（건축사）、《我的大叔》（나의 아저씨）的結構技師（건축 구조 기술사）、《三流之路》（쌈，마이웨이）的 MMA 格鬥選手（격투기 선수）、《戀愛的發現》（연애의 발견）的家具設計師（가구 디자이너）、《又是吳海英》（또! 오해영）的音響導演（음향 감독），甚至在 2020 年 5 月，《法外搜查》（번외수사）第一次將禮儀師（장례 지도사）這個職業寫進連續劇中。新職業的出現，除了能增加新鮮感，也能為一直以來有點僵化的韓國求職市場注入生機，對人們的職業憧憬與認同產生潛移默化的功效。

加深對職場與人生的理解及認知

　　除了對新職業的描寫改變年輕人對職業的憧憬，連續劇對既定職業的深入刻劃，也幫助很多人了解到工作的現實。根據韓國經濟媒體 NEWS WAY（2020.02.28）[3] 的報導指出，韓劇中最常出現的職業第一名是企業家，第二名是警察，第三名是上班族，之後分別是醫療團隊、求職者與學生、媒體人、藝人、無職業者、家庭主婦與小吃店從業人員。韓劇中刻劃的人生與反映出的價值觀，正透過故事默默地影響著人們。例如 2014 年 tvN 的《未生》（미생），其中呈現的真實職場與上下關係，直到現在依然為所有的韓國上班族津津樂道；而 2013 年 KBS 改編自 2007 年日劇《派遣女王》的《職場的神》（직장의 신），主角是全韓國第一個自願的三個月契約員工，除了凸顯企業為了節省成本，大量使用契約員工的事態，更顛覆我們對「契約員工」的看法，扭轉了對「終身職場」與「生活」的定義。2015 年 SBS 的《離婚律師戀愛中》（이혼변호사는 연애중）將律師主場轉到專職處理離婚訴訟的離婚律師，藉由離婚律師的視角，去看婚姻生活百態，刻劃眾多家庭主婦的人生，讓更多人知道所謂「家庭主婦」的生活，「家庭主婦」也是一種職業，更是一份「低給付、長工時、高勞動」的辛苦工作，雖然遠離職場鬥爭，但家庭這個職場，也足以讓全職主婦心力交瘁。2016 年 MBC 的《拖著旅行箱的女人》（캐리어를 끄는 여자）中，拖著旅行箱的，不是我們想像中的空服員或是彩妝師，而是法律事務所的事務長；2020 年 tvN《很便宜，千里馬超市》（싼다 천리마마트）中無厘頭的社長與店長，透過流放後得知人生真諦等等，這些戲劇都在試圖告訴觀眾，「大企業」不是畢生的唯一所求，所謂的幸福，應該是什麼。

對經濟與生活的影響

　　韓劇對經濟的影響，不只是透過廣告與 PPL（置入性行銷）來活絡經濟，更能影響一個品牌的生死存亡，有的品牌隨著韓劇的播出而創下佳績，卻也隨著該劇播畢，影響力下降後而沒落，說到底，能藉由韓劇達到一時的宣傳效果固然很重要，然而如何讓消費者在關注這個品牌後，仍會持續地選擇該品牌則是更重要的品牌經營哲學。以下我們舉幾個顯著的例子來說明。

隨劇起落的店家百態 咖啡王的殞落

　　韓劇對經濟與生活的影響一直是很多人關注的部分，除了劇本售出所得到的經濟效益外，戲劇中所傳達的有形與無形的內容，間接地為韓國中小企業帶來不少收益。從劇中出現的場景、使用的道具與主角身上的衣服、飾品與髮型，都會隨著戲劇的盛行風靡整個韓流圈。例如 2012 年 SBS 的《紳士的品格》（신사의 품

3　本報導根據民主輿論市民聯合放送委員會（민주언론시민연합 방송모니터위원회）對 2019 年 10 個電視台上映中的 110 個電視節目的 447 的職業進行分析。網址 http://www.newsway.co.kr/news/view?tp=1&ud=20200228165935808480

격）讓連鎖咖啡廳 MANGO SIX（망고 식스）廣為人知，在 2012 到 2013 年間，不只是韓國年輕人們要約見面就會想到 MANGO SIX，連觀光客們也不斷地湧入，當時，只要手上拿著一杯 MANGO SIX 的芒果冰沙，就有種超時尚的感覺。《紳士的品格》讓 MANGO SIX 品嘗到韓劇置入的效果，於是在 2013 年又置入了 SBS 的《欲戴王冠，必承其重－繼承者們》（왕관을 쓰려는 자 , 그 무게를 견뎌라 - 상속자들），成為女主角朴信惠打工的店家，當時李敏鎬和金宇彬喝的椰奶芒果奶昔（망고 코코넛）也成為年輕人們必點的飲料。然而，隨著不斷有新的戲劇、新的置入，時隔四年，MANGO SIX 倒了六十家店，在 2015 時總營收還高達 190 億韓幣，2016 年卻僅有 100 億韓幣，幾乎是對半下滑[4]。而曾經創辦 HOLLYS COFFEE，並成功為 Caffebene 打下五百家加盟店的 MANGO SIX 創辦人兼代表理事姜勳，在 2007 年以自殺結束他的一生，令人無限唏噓。[5]

疫情下的另類成長 韓國醬料大風行

雖然因為新冠肺炎疫情的影響，全球的經濟發展並不被看好，然而，有一個產品的輸出卻意外地開出紅盤，那就是「辣椒醬」。根據 realfoods 在 2020 年 12 月 20 日的報導指出，隨著韓劇在海外人氣的攀

▲ 蔚為流行的韓式辣椒醬

升，海外對韓國健康食品的關注提高，與 2020 年 10 月基準相比，成長了 37.8%。其中像是中國（成長率 63.9%）、菲律賓（52.28%）與泰國（125.3%）的成長更是驚人。根據韓國農水產流通公社（aT）曼谷支社接受韓國經濟（2020.06.30）的採訪表示，因為疫情的關係，大家都在家中收看電視，Netflix 收視前三名都是韓國節目，且伴隨 2020 年 JTBC《梨泰院 CLASS》（이태원 클라쓰）的高人氣，劇中煮豆腐鍋等韓式料理必備的辣椒醬與味噌醬，都變成高人氣的醬料。[6] 在各類輸出都銳減的情況下，調味料藉由韓劇打下另一片天，為韓國的食品業留住一線生機。

韓劇引領的流行時尚 女主角身上的發光點

一如大家所想，韓劇的主要收視族群是女性[7]，雖然也有少數的男性，不過就連韓國著名編劇鄭淑也曾經提及，編劇創作的劇本一般是以中年女性為主要收視群，因此韓劇中出現的大大小小物品，都會成為具消費能力女性們的目標。2013 年 SBS《來自星星的你》（별에서 온 그대）不只女主角千頌伊穿的衣服、用的口紅全部賣到斷貨，甚至在這部戲已經過去了七年多的今天，還是能看到很多女生會模仿千頌伊將外套披在身上的穿衣風格。千頌伊居家時戴在頭上的髮帶，到今日都還是女生居家自拍最喜歡的甜美 LOOK。還有前陣子大家一邊看一邊罵的 JTBC 的《夫婦的世界》（부부의 세계），最高收視率高達 31.6%，雖然很多品牌不願意和「不倫」扯上關係，所以連 PPL 的置入也相對較少，不過女主角金喜愛的穿搭相當受歡迎，就連最強小三韓素熙飾演的呂多景穿的衣服也都售罄。根據高爾夫球品牌 Creas F&C Co 指出，他們 5 月第二週的銷售上升 4000%，在新世界百貨公司江南店的兩週銷售額為 1 億 5000 萬韓幣，現代百貨公司本店的銷售也超過 1 億韓幣。

4 亞洲經濟 (2017.07.25) https://www.asiae.co.kr/article/2017072511070844458
5 한겨레 http://www.hani.co.kr/arti/economy/economy_general/804168.html
6 韓國經濟 (2020.06.30) https://www.hankyung.com/life/article/2020062377027
7 이수연,《한류 드라마와 아시아 여성의 욕망》, 커뮤니케이션북스, 2008.02.29 出版

▲ 韓國流行的髮帶／圖由張鈺琦提供

韓劇引領時尚風潮 男性也無法擋

除了女性，人氣韓劇也帶動男性流行風格的改變，像是《來自星星的你》男主角都敏俊（金秀賢 飾）的髮型也蔚為風潮，在這部戲開播後，韓國男生們幾乎都蓄起了一頭蓋住眉毛的瀏海，連穿衣風格都隱隱有「都教授風格」，走在路上，清一色毛呢大衣搭配白色休閒鞋，黑色西裝搭配黑色皮質紳士鞋，「都敏俊西裝（도민준 수트）」成為熱門的關鍵字。而且據朝鮮日報（2013.12.27）指出，都教授不只西裝受注目，搭配西裝的 Couronne LEWIS Backpack 更因為美感和獨有的品味，深受 20-30 世代的年輕男性喜愛，直接賣到斷貨。更有甚著，因為都教授在劇中總是穿西裝騎著一輛自行車上下班，且金秀賢也表示自己會在漢江騎腳踏車，這輛自行車要價韓幣 300 萬 2000 元（約台幣 8 萬元），雖然較少見到韓國媒體提及《來自星星的你》造成的腳踏車銷售成長，但從最近很多販售中古商品的網站都有「千頌伊腳踏車」的商品，也可以間接推斷出戲劇播出當時，自行車的銷售的確相當不錯，此外不僅韓國自行車銷售開紅盤，更引發海外對韓國腳踏車的關心，同時還在中國引發了穿西裝騎腳踏車的風潮。2016 年 tvN《孤單又燦爛的神－鬼怪》中，金信（孔劉 飾）和王黎（李棟旭 飾）兩人趣味的互動為粉絲們津津樂道，尤其

探討兩人穿搭的韓國部落格非常多，更有根據集數來解析的，而李棟旭在劇中穿的後背有交叉綁帶的長毛衣更是男女通殺，而扮演陰間使者時穿的鬼怪 LOOK（고스룩）亦成為流行關鍵字，此外，兩人同時穿著長大衣的畫面，也造成了韓國男性的長大衣風潮。

雞啤大風吹 連鎖店家朵朵開

SBS《來自星星的你》除了引領時尚潮流的變化外，千頌伊（全智賢 飾）的一句「下雪天就是要炸雞配啤酒（눈 오는 날엔 치맥인데）」，不只引發海外粉絲瘋狂到韓國炸雞店朝聖，也要學劇中人物來個炸雞配啤酒，甚至還創下 4500 人一起在仁川吃炸雞配啤酒的壯觀景象，可想而知，《來自星星的你》為韓國炸雞與啤酒的銷售創造出奇蹟。但是就韓國人來說，吃炸雞配啤酒並非從《來自星星的你》開始的，一直以來，韓國人都相當重視食物的「宮合（궁합）」，也就是所謂的「八字」，吃豬肉要配蝦醬、吃雞肉要配白蘿蔔，甚至什麼樣的食物要搭配什麼樣的配菜，都有其一套五行（오행）的邏輯，以時節來說，雖然沒有「下雪天要吃炸雞配啤酒」這樣的說法，卻有「下雨天要吃煎餅配瑪格麗（비가 오는 날엔 파전에 막걸리）」，甚至，吃豬腳配燒酒，就跟西方吃牛排配紅酒一般，是一直以來都

▲ 炸雞配啤酒

有的傳統。《來自星星的你》在 2013 年 12 月 18 首播，2014 年 2 月 27 日播畢，但早在 2013 年的 7 月 18 日至 24 日，大邱就首度舉辦了第一屆的雞啤慶典（치맥 페스티벌），韓國炸雞連鎖品牌僑村（교촌치킨）也配合時間舉辦了線上雞啤慶典，為雞啤造勢。故而，雞啤原本就是韓國的飲食生活，不是先有《來自星星的你》，而後產生雞啤文化，而是透過《來自星星的你》，讓韓流圈更曉得雞啤文化，並進一步促使雞啤（치맥）這個流行語的大盛行。雖然，韓國年輕人間有所謂一人一雞（일인일닭）的說法，但必須還是要說，《來自星星的你》對韓國的飲食文化並無巨大的影響，若要論其造成的影響，應該還是在海外遊客湧進韓國吃雞啤、韓國炸雞品牌的分店開遍韓國，以及在韓流圈所形成的經濟效益為大。

對文化與語言的影響

韓國流行語的創造速度一直令人瞠目結舌，就新造語的創造而言，影響力最大的是如 SBS 的《尋笑人》（웃찾사）、KBS 的《搞笑演唱會》（개그콘서트）或 tvN 的《喜劇大聯盟》（코미디빅리그）之類的搞笑節目，搞笑演員們為了創造新的流行語絞盡腦汁，群眾接受度也最高。其次才是電影，電影雖然時間不長，但是有特色的演員搭配上有意思的對白，也會令人津津樂道。例如車勝元在《加油李先生》（힘을 내요. 미스터 리）中的「麵粉對身體不好，會胖（밀가루 몸에 안좋아요. 살쪄）」這一句經典台詞，就常被運用於生活中，大家甚至都還會模仿車勝元在劇中的口氣來說。也經常在很多電視節目中看到這樣的哏－說一句話猜出是哪部電影，每次看到都還是覺得很神奇。而第三名，就是我們要探討的，韓劇對語言的影響。

違反拼音法而被迫更改的片名

雖然連續劇一般是針對女性，甚至可以說學生族群根本不是連續劇的主要觀眾，然而韓國還是相當重視所謂的善良風俗以及傳達正確訊息。2012 年 KBS2 推出的人氣韓劇《善良的男人》（착한 남자），原本的名稱是《世上哪裡都沒有的壞男人 차칸 남자》，卻因為民眾向電視節目審議委員會檢舉，指出「차칸 남자」破壞了原本韓文字的拼音法則，會讓學生誤以為這樣的拼字法是對的，在韓國引發諸多爭論，最後韓國的國立國語院要求電視台更改成對的拼字法，因此在第三集後，不僅名字從《세상 어디에도 없는 차칸 남자》，變成符合標準拼寫的《세상 어디에도 없는 착한 남자》，製作團隊也特別以書面的方式向民眾道歉並解釋，然而，原本使用的「차칸 남자」其實是和內容緊緊相扣，符合故事情節與創作精神的，改成了中規中矩的「착한 남자」反而失去了味道，究竟創作和標準間的界線為何，不禁令人唏噓。

韓劇名台詞與朝鮮髒話 罵人也要有文化

撇除《善良的男人》（착한 남자）的節目名稱更改事件，一般韓劇對社會語言的影響，最早可以推至 2004 年 KBS 的《對不起，我愛你》（미안하다, 사랑한다），裡面蘇志燮說的「밥 먹을래, 나랑 뽀뽀할래?（要吃飯，還是要跟我接吻？）」、「밥 먹을래, 나랑 잘래?（要吃飯，還是要跟我上床？）」、「밥 먹을래, 나랑 살래?（要吃飯，還是要跟我一起生活？）」、「밥 먹을래, 나랑 같이 죽을래?（要吃飯，還是要跟我一起去死？）」這段經典台詞至今仍被很多綜藝節目引用，甚至一般人在約朋友吃飯時，也會使用類似的句子。此外，2013 年《來自星星的你》，作為 404 年前來到地球的外星人都教授，他的「朝鮮髒話（조선욕）」隨戲劇播出後，成為最熱門的關鍵字與流行語，

像是「병자년 방죽을 부리다（丙子年乾枯的圍堰）」及「밤중에 버티고개에 가서 앉을 놈들（應該大半夜坐在波提嶺的傢伙們）」等，甚至還引發了都教授人生之書《九雲夢》（구운몽）的閱讀風潮，根據韓國每日經濟在 2016 年 10 月 11 日的報導中引用，在 2016 年「第十五屆韓國文學翻譯出版國際研討會」中，指出了現代文學和古典文學的相關性，同時也認為古典文化雖不是韓劇成功的主因，但可以增加觀眾收看的樂趣，同時藉由戲劇，能將傳統文化與古典文學的理念傳達給大眾，甚至是將其傳到海外。[8] 在《來自星星的你》影響力最鉅的 2013 到 2016 年中，書店裡隨處可見韓國古典名著《九雲夢》被冠以「都教授人生之書」，擺在醒目的位置上做宣傳。

「就當作……」大盛行 到處都是厚臉皮的金道鎮

韓劇引發的語言使用變化上，可以舉兩個例子來說明。第一個是最高收視率高達 26.1% 的 2012 年 SBS《紳士的品格》（신사의 품격），劇中男主角金道鎮（張東健 飾）是一個標準的「冷都男（차도남）」設定，多金、帥氣、挑剔且花心的單身主義者，他的口頭禪是「○○ 하는 걸로（那就當作……）」，比如他會很厚臉皮地說「사양은 안 하는 걸로（那就當作不接受拒絕）」、「안 싫은 걸로（那就當作你不討厭）」、「합의는 없는 걸로（就當作沒有協議這件事）」、「서이수 씨 나랑 밥 먹는 걸로（那就當作徐伊秀你要跟我一起吃飯）」、「난 머리 싫어하니까 서이수가 다 먹는 걸로（我討厭吃頭，所以就當作徐伊秀你要全部吃掉）」因為他實在太常以「○○ 하는 걸로」作為結尾，因此在韓國引發「就當作……體（○○걸로체）」風潮，在《紳士的品格》播畢後的好一段時間，還是常聽到這樣的用語。

與 900 歲鬼怪一起吟詩

接下來是 tvN 在 2016 年推出的《孤單又燦爛的神－鬼怪》（쓸쓸하고 찬란하神 - 도깨비），最高收視率突破 20.5%，是韓國第一個有線電台收視超過 20% 的連續劇。劇中孔劉扮演一個超過 900 歲的鬼怪，最有名的台詞就是他向女主告白時說的「너와 함께한 모든 시간이 눈부셨다．날이 좋아서，날이 좋지 않아서，날이 적당해서，모든 날이 좋았다（跟你在一起的所有時光都很耀眼，因為天氣很好，或因為天氣不好，或因為天氣剛剛好，所有的日子，都是那麼美好）」，甚至是在最後一集中，孔劉吟著韓國詩人金寅育（김인육）的「愛情物理學（사랑의 물리학）」也成為大家琅琅上口的人氣詩歌。而當時，不僅電台要求我教授這首詩，甚至連我的很多學生都會自發性地背誦這首詩，購買韓文原文詩集的人更不在少數。

無可抵擋的天空城堡

2018 年 JTBC 播出的《天空城堡》，曾經創下 23.7% 的驚人收視，講述一群教育子女、扶植丈夫的貴婦們的故事。其中，金英珠老師（金瑞亨 飾）的「감수하시겠습니까？（您能承擔這一切嗎？）」變成超級火紅的流行語，哪怕朋友間問對方能否承擔責任，也會來上一句。此外，「전적으로 저를 믿으셔야 합니다（您需要完全地信任我才行）」也被廣泛運用在日常生活會話上。還有，被稱為 2018 年最凶狠的髒話，劇中的韓書珍（廉晶雅 飾）的「아갈머리를 확 찢어 버릴라！（信不信我撕爛你的嘴）」，也造成模仿現象。其他像是陳珍熙的「내말이 내말이 ~（就是說啊就是說啊～）」、表達驚訝的「어마마！（歐媽媽！）」等，也都是這部劇創造出的流行語。

8　每日經濟 (2016.10.11)https://www.mk.co.kr/news/politics/view/2016/10/711276/

文藝商品豐富 PPL 品項

PPL，置入性行銷，不只能置入食衣住行相關行業，連文化產業都能置入。這幾年來相當流行將書籍置入在韓劇中，或許一方面也是因為大部分的主角都相當有「文藝氣息」，像前面提及的 SBS《來自星星的你》裡，因為 400 多歲都教授的喜愛，韓國經典名著《九雲夢》重新受到年輕族群的關注，劇中都教授閱讀的童話《愛德華的神奇旅行》（에드워드 툴레인의 신기한 여행），不論是韓文版或是翻譯版的銷售也都直線上升。收錄前面提及的 900 歲鬼怪讀的「愛情物理學（사랑의 물리학）」一詩的詩集《說不定星星會帶走你的悲傷（어쩌면 별들이 너의 슬픔을 가져갈지도 몰라），在播出後銷售就不斷攀升，最後更連續三週拿下韓國教保文庫的暢銷書第一名，根據出版社表示，他們是與連續劇的製作公司談了置入性行銷的合作。此外，《紳士的品格》也有書籍的置入，根據朝鮮日報（2012.06.30）[9] 的報導，崔允（金旻鐘 飾）拿的申京淑（신경숙）作家的小說《不知哪裡打來找我的電話聲響起》（어디선가 나를 찾는 전화벨이 울리고）原本是 2010 年的作品，在播出內兩天，5~6000 本的庫存完全售罄，且根據京鄉新聞（경향신문）的報導指出，在該集播出的三週內，《不知哪裡打來找我的電話聲響起》狂賣 3 萬 8000 本，這本小說在 2010 年剛上市時就已經賣了 30 萬本左右，兩年後又憑藉連續劇之勢再次攀上暢銷書排行榜，開啟銷售的第二春。

除了置入書，還可以置入「書店」。像是 2018 年 tvN《金祕書為何那樣》（김비서가 왜 그럴까）中的「智慧的森林（지혜의 숲）」與 2019 年 tvN《德魯納

▲《金祕書為何那樣》拍攝地 - 智慧的森林（지혜의 숲）

酒店》（호텔 델루나）中的「首爾書寶庫（서울책보고）」，這兩家書店都因為成為韓劇拍攝景點而大受歡迎，年輕族群們除了朝聖，還會購買周邊商品、點個咖啡等，也都為書店的營收帶來不錯的成果。

韓劇，一直以來都以細膩的情感表達、俊男美女的演出以及絕美的拍攝畫面所為人津津樂道。雖然，戲劇向來是大眾文化的一環，然而它對社會、文化、經濟與生活的影響卻不容小覷，正如「韓國藉著韓劇向全世界輸出韓國文化」此說一般，在輸出自己文化的同時，也何嘗不是透過戲劇，再次向韓國國民傳達自己的文化並為之奠基，讓年輕族群更能接受與喜愛自己的文化呢？或許這一點，也正是我們該積極向韓國學習的，像是在韓國的各種節慶，電視台都會製播各類型的紀錄片來宣傳該節慶的文化歷史與由來，以新鮮的角度與全新的視角來剖析歷史與文化，幫助現代年輕人理解自己國家的過去。因此，韓劇不僅並不是一些學者眼中的不入流，相反的，它更擔任著文化傳承、影響社會的重大角色。韓劇為什麼這麼好看？我想，答案就在你我心中。

撰文者｜張鈺琦

筆名伊麗莎，文化大學韓國學碩士，主修韓國古典文學、神話。大學時同時攻讀韓文系與中文系文藝創作組 雙學位。目前以口筆譯、作家、教師、講者與 PODCAST 身分活躍，經營「伊麗莎的趣味韓國」、「每天開心學韓語」兩個臉書社群。

9　http://newsplus.chosun.com/site/data/html_dir/2012/06/30/2012063000226.html

#引進

都買啦！哪次不買！
韓劇版權貿易到底在幹嘛？

撰文・林雅雯（B編）

打開電視、影音串流平台，隨時可見各式各樣的韓劇播映，無論是多年前的經典，或是即時更新的新戲，環肥燕瘦任君挑選，對劇迷來說，是再平常不過的事情。然而，每年上百部的韓劇是如何被挑選？又是如何飄洋過海來台，配上中文字幕、中文發音，呈現在台灣觀眾面前的呢？其中的關鍵環節便是：版權貿易。

韓流來襲，韓劇如何進入台灣？

　　韓劇輸入台灣，必須透過版權貿易的進行，才能合法播映。在過去串流平台尚未興起的年代，韓劇多在電視播送，版權買賣的路徑為：韓國電視台→韓國版權公司→台灣版權公司→台灣電視台。台灣版權公司在韓國必須有長期對應的版權公司，才能建立穩定的合作。串流平台興起後，部分串流平台內建版權交易部門，直接與韓國進行買賣，部分則仍透過台灣版權公司。

　　由陳宣文經營的文安娛樂，就是一家專營韓劇、韓綜版權貿易的公司，與多個平台合作，如愛奇藝、friDay 影音、LINE TV、中華電信 MOD 等，曾引進許多熱播韓劇，如《哲仁王后》、《女神降臨》、《她的私生活》、《金祕書為何那樣》等劇。除了戲劇，韓國綜藝如《尹 Stay》、《新西遊記》、《帶輪子的家》、《一日三餐》等，也是文安娛樂經手的作品。

　　問起出身台灣的陳宣文為什麼從事版權貿易？他喜歡韓文、韓國文化，而到韓國進攻博士學位，因緣際會下接觸到版權代理的工作，奠定了人際網絡的交流基礎。2014 年返台成立文安娛樂，主要進行韓劇版權、韓星來台等工作，曾舉辦河智苑見面會、JYJ 金在中演唱會、劉寅娜品牌代言活動等；而後因應串流平台跟播韓劇的風潮展開，2018 年起投入「即時字幕」[1] 的翻譯，如今已是文安娛樂的主力事業之一。

電視？串流平台？今晚我想來點……

　　韓劇在台灣主要透過兩種管道放送：電視台或影音串流平台，劇種選擇、上檔時間都存在著差異。版權公司必須了解電視台及串流平台的需求，推薦提供適當的戲劇。

在劇種的選擇上，電視台常選擇集數較多、收視年齡層較高的「日日劇」，也就是類似台灣八點檔的連續劇；而串流平台則偏好集數落在 16、20 集，主打年輕族群的「月火劇」、「水木劇」、「金土劇」與「土日劇」[2]。

以電視台來說，韓劇買進來之後，除了字幕之外，還得加上中文配音，所以後製期程會比較長，播放時間也就勢必與韓國產生明顯落差，以 2013 年 10 月開播的《繼承者們》為例，台灣電視台直至 2014 年 4 月才上檔。

另一方面，影音串流平台則以「跟播」、甚至「獨家跟播」作為號召，台灣觀眾只需「忍受」不到一天、短至幾個小時的時差，就能同步追劇。文安娛樂代理的《她的私生活》即是電視台與串流平台上檔時間明顯差異的一個例子，2019 年 4 月 10 日晚上韓國首播，4 月 11 日中午台灣觀眾就能透過串流平台觀賞，而台灣電視台則到隔年 5 月才上檔。

韓一年出產上百部韓劇，怎麼挑怎麼買？

韓國電視台通常會在年末就提供下一年度的清單，羅列著未來一整年預計播映的戲劇、綜藝節目，版權公司就能開始挑選、議價。韓國電視台習慣與固定的版權公司合作，以文安娛樂為例，就曾擁有某家有線電視台整年度的戲劇版權優先代理權。

平台與版權公司之間又是如何合作的呢？陳宣文說狀況有兩種，一種是平台主動詢問，可能是時段空下來了、想搶獨家播映、缺某種類型的戲等，就會詢問版權公司有無合適的戲劇。電視台的節目通常會一檔接著一檔，加上沒有即時戲劇的需求，較常預先安排好各檔期的劇目；第二種狀況則是版權公司主動推薦合適的戲劇給平台。

平台挑選戲劇、綜藝的原則是什麼呢？陳宣文不諱言，由於現在串流平台百家爭鳴，「跟播」風潮興盛，已經很難等韓國當地創造高收視、高度話題性才來評估

要不要購入，因此「演員陣容」就變得更加重要。不過，電視台還是會以高話題性的「大劇」為首選。

一齣戲可能在多個平台上播映，也可能由單一平台取得獨家權，「版權費用」就會有高低之別——獨家當然比較貴。此外，演員卡司、劇種、編劇，也是影響版權費用的因素。若是知名韓星主演、熱門編劇執筆的戲，平台勢必得拿出更多銀彈才有機會取得播映權。

《想見你》在韓大紅，台劇反攻有望？

經營韓劇事業多年，陳宣文觀察到韓劇經常有一波波的流行趨勢，前幾年穿越劇當道，幾乎每一家都在拍，而後驚悚劇盛行，又掀起一陣熱潮，最近則流行像《夫婦的世界》這樣的「狗血劇」。

漫畫翻拍、跨國 IP 改編也是近期韓劇的熱點，文安娛樂經手的《奶酪陷阱》、《我的 ID 是江南美人》、《他人即地獄》等，都是知名的「漫改劇」；《哲仁王后》則是中國連續劇《太子妃升職記》的改編。陳宣文提到，戲越拍越多之後，原創韓劇越來越難寫，從別的領域（漫畫、小說）去尋找題材、經典劇重拍，或改編他國劇本就成了新的趨勢。

過去韓國也曾翻拍過幾齣熱門台劇，如《敗犬女王》翻拍成《魔女的戀愛》（2014 年）、《命中注定我愛你》同名改編（2014 年）、《我可能不會愛你》改編成《愛你的時間》（2015 年）等，都可以看出台劇劇本的潛力，只可惜原劇鮮少在韓國掀起話題。

至今，台韓的戲劇版權交易上，台灣目前仍是「入超」狀態——即輸入大於輸出，除了引進韓劇版權，文安娛樂是否有交易台劇版權的規劃呢？像是近期台劇《想見你》在韓國播出後掀起熱議，讓不少韓國劇迷爭搶「許太太」[3]的寶座，陳宣文樂見其成，很期待台劇能吹起「反攻」的旗號，也說文安娛樂會積極將更多優質的台灣戲劇引薦到韓國。

1　即時韓劇（跟播韓劇）是指前一晚在韓國播畢，隔日即在台灣串流平台播映的韓劇。陳宣文認為即時韓劇考驗的是譯者團隊的默契，一集九十分鐘的戲大概需要五到六名字幕譯者同時翻譯、上字幕，才能趕在時限內上線。即時韓綜的話，因對話複雜、有特效字卡等，一集則需要十到十四名譯者。

2　「月火水木金土日」七曜日為表示星期的說法。因此「月火劇」是在星期一（月曜日）、星期二（火曜日）播放的戲劇；「水木劇」是在星期三（水曜日）、星期四（木曜日）播放的戲劇，以此類推。

3　《想見你》男主角為演員許光漢，入戲的戲迷會以「許太太」自稱。

#引進

透視螢幕後的
電視台採購 Know-How

撰文・張雅琳
圖片提供・八大電視

韓劇風靡台灣超過二十年，在早期娛樂選擇還不多時，電視上播映的韓劇收視動輒可達五、六個百分點。這麼多年過去了，韓劇熱度依舊居高不下，「你最近在追哪齣劇」仍是朋友間寒暄聊天的話題起手式。讓人不免好奇，採購外來戲劇的背後，究竟有哪些眉角？電視台又運用了哪些策略，迎戰網路世代呢？

談版權？和時間賽跑

要說起韓劇真正進入台灣的分水嶺，可以回溯到 2000 年，八大電視股份有限公司（下稱八大）引進《火花》，收視率大好，爾後陸續播出的《藍色生死戀》、《宮 野蠻王妃》、《妻子的誘惑》和《順風婦產科》等劇，皆創下收視熱潮，韓劇的影響力慢慢浮現，也樹立了八大電視播放韓劇的品牌形象。

當時台灣的戲劇市場尚未飽和，而日劇在哈日風盛行下，權利金被炒作飆漲，電視台業者轉而尋求其他替代品，在此時代背景下，內容較易被觀眾接受、價格也相對合理的韓劇乘勢而起。有了八大成功搶灘、打開韓劇市場的案例珠玉在前，各家電視台也紛紛跟進，趕搭這波「韓」流順風車。不過現如今，韓劇早已成為風頭最健的影視產品，販售到海外的版權費身價也隨之水漲船高。

八大版權事業部主任曹善迪直言，隨著越來越多競爭對手搶食韓劇這塊大餅，無形中提高了採購時同業之間諜對諜的複雜度，「版權出價自然就是最不可告人的商業機密。」行銷企劃部總監廖翎妃補充說，為了超前

部署，八大甚至是各家頻道當中唯一有特派專員直接駐點韓國的電視台，不僅第一時間掌握當地影視情報，如若有任何與韓國方面的溝通談判需求，也好發揮「見面三分情」的優勢，搶得先機。

曹善迪指出，韓劇依播出時段來區分，有週一二的月火劇、週三四的水木劇、週五六的金土劇，和週六日的週末劇，如果是週一到五每天播出的，則屬於日日劇。雖然追劇已成為全民日常，但要說全台追劇最勤快的一群人，應該非電視台員工莫屬了，她笑說每當韓國有新劇上檔，「第一、二集播映當天，我們組員甚至包含主管們就要馬上收看，同步著手搜集台、韓網友的評價。如果普遍反應都不錯，就要盡快討論是否購買。」

絕大多數的片子，都是先從最初的評估、討論，確定要引進的話，再向韓國報價，歷經族繁不及備載、高手過招數十回的議價過程，等到簽訂合約、取得播映權，才只是開始而已。曹善迪表示，檔案首先會送到錄音公司配音，每個角色的配音，他們都會一一聽過，儘可能挑選到最符合角色個性的配音員。試音確認後，才會接著翻譯、上字幕和配音，完成的檔案一集一集傳回電視台，再由負責韓劇的同仁驗片。

「驗片有幾個重點，主要是字幕錯別字的校對、畫面馬賽克處理，和一些翻譯內容的調整。」她補充，「有時候可能不是翻得很精準，或是一、兩句整句翻錯，我們修改後，會請錄音公司重新配音，這樣的流程來回至少要兩、三次，都沒問題了才會入庫，準備上架播出。」曹善迪自信笑說，專責處理韓劇的團隊包含她在內共有四人，皆具備韓文的專業資歷和背景，不僅有語言優勢，也對當地文化生態有一定程度的熟悉，自然能對戲劇的後製品質在細節處嚴格要求，層層把關。

想爆紅？先引起共鳴

雖然韓劇因文化接近性（cultural proximity）而受到台灣觀眾的喜愛，卻不見得每一齣在韓國表現亮眼的韓劇，飄洋過海來台之後都能同樣受到關注，複製出一張漂亮的收視成績單；觀眾是否願意買單，曹善迪認為箇中關鍵在於「題材」，像是職場劇顯現出台韓兩地價值觀的落差，話題不夠貼近，自然比較難引起共鳴。

「因為國情不一樣，即使是卡司很棒、編導團隊都是一流之選的戲，放在台灣也不見得百分之百會成功，我們在採購時當然會參考收視率，但這個條件不是絕對。」針對收視習慣、年齡層與觀眾喜好、潮流議題等諸多考量，在進入市場前皆需事先了解，擬定策略。

二十多年來，八大引進的韓劇多達三百三十餘部，曹善迪印象最深刻的，就是重播多次，迄今仍有一定收視數字的《大長今》，「我們稱之為『神劇』。」2003 年韓國 MBC 製播的《大長今》，在當地締造許多收視奇蹟，被韓媒冠上「國民電視劇」封號，甚至在亞洲各地播放時，都掀起一股「長今熱」，引發觀劇熱潮。隔年五月起，《大長今》在八大戲劇台熱映三個月，勵志主題加上女主角「氧氣美女」李英愛的不老顏值，更創下最高達 6.22% 的收視率，躍居全台第一。

她回憶，當時雖然是看中此劇在當地的聲量進而採購，但難免有些擔憂，「一來韓國古裝劇在台灣是個先例，二來也不確定像這樣韓國歷史背景濃厚的戲，台灣觀眾的接受度或看法會是如何。」首部韓國古裝劇的收視便開出紅盤，也讓八大有如吃下一顆定心丸，又接連引進如 2007 年《李祘》、2010 年《同伊》、2012 年

▲ 收視率保證《大長今》

《擁抱太陽的月亮》等古裝大戲。

　　早年類似《火花》的婆媽劇，劇情內容通俗易懂又曲折離奇，從柴米油鹽的家庭生活到重口味的愛恨情仇，出軌丈夫、美豔小三加上大老婆的復仇，越是激情灑狗血，越是讓人口嫌體正直地邊罵邊看，八大在2009年首播的《白色謊言》、《妻子的誘惑》也都屬此一範疇。只是隨著時移勢易，韓劇不再只有過往的單一套路，發展出五花八門的題材走向。

　　曹善迪提到，韓劇魅力能夠襲捲亞洲，正因致力於類型劇主題不斷推陳出新，「像是愛情劇不只有粉紅泡泡，還加入了科幻、時空穿越等元素，戲劇內容更顯豐厚。」其他諸如社會寫實面向的職人劇、懸疑燒腦的推理劇和刑偵劇、靈異驚悚的驅魔殭屍劇……隨著題材越趨多元，不斷反轉的劇情讓人看得意猶未盡，收看韓劇的人口，也從早年以婆媽菜籃族為主力，現在變得更廣、更年輕。

擁抱新世代的行銷策略

　　閱聽年齡層的降低，也影響了電視台在選購、甚至行銷韓劇的規畫。行銷企劃部總監廖翊妃表示，八大的

三個頻道有各自的定位和操作策略，單以戲劇台來說，也同樣需要針對不同時段所經營的路線和設定的 TA（Target Audience，目標受眾），選擇合適的韓劇類型。她不諱言，「年輕觀眾的忠誠度向來是最低的。」如何投其所好，迎合這群人的口味，增強收視黏著度，成了電視台亟欲突破的關卡。

　　她以八大在 2020 年下半年推出的「OCN 劇場」為例，集結了一系列包含《VOICE》、《壞傢伙們》、《如實陳述》等 OCN 最具代表性的作品，固定每週六晚上十點半在綜合台首播。這場策略性的跨國合作，是八大總經理王克捷花了近一年的時間，與創立 OCN 的韓國影視集團龍頭 CJ ENM 公司洽談，促成兩家電視台強強聯手，在 2020 年下半年推出「OCN 劇場」，可說是充滿實驗性質的創舉。

　　「放眼全世界各頻道的經營當中，你會發現 OCN 很獨樹一格，因為它在類型劇上一直以來只專注做一件事情，就是原創的驚悚推理劇。」廖翊妃強調，試水溫也好，創新突破也好，都希望跳脫以往總是在小情小愛打轉的類型內容，提供觀眾更多元的選擇。「當然我們也會擔心，像是 OCN 這些網路討論熱度這麼高的 IP

（Intellectual property，智慧財產權，IP 劇意為製作公司購買著作權後改編的戲劇），是否真的可以導流到傳統平台？因此我們除了傳統平台的宣傳管道外，更透過新媒社群平台跟潛在 TA 溝通，讓更多人知道八大要上這個 IP。」

「一般操作行銷，最駕輕就熟的就是戲劇首播內容，這對我們來說根本家常便飯，可以很精準地操控。但當今天是一個大多數人已經在 OTT（Over The Top，線上影音串流平台）上看過的內容，要如何做出不一樣的行銷，吸引那些人再回到傳統平台收看，以及我如何利用這些戲劇過往在韓國的好口碑，吸引到另外一群還沒有看過的人，這都是傳統平台在行銷上要面對的課題。」廖翎妃說。

當時為了跟觀眾溝通「什麼是 OCN」，八大特別企劃了三支系列前導預告，啟用過去拍攝電影才會使用的高規格攝影器材 BOLT（高速攝影機械臂），提高影像張力，更利用一鏡到底手法，營造濃厚的懸疑氛圍。此外，八大以「今年夏天最黑暗的列車」為訴求，將台北捷運板南線其中一節車廂打造為「GTV X OCN 專車」，透過黃色封鎖線等地貼與隔板貼，將車廂鋪天蓋地營造成有如全境封鎖的犯罪場景，搭配金材昱、張赫、馬東石等十二位劇中韓星海報，讓粉絲感受被帥氣歐巴包圍、聯手辦案緝兇的現場感。利用上述有別於以往電視劇的宣傳方式，很快地在網路上引發網友熱烈討論，讓議題發酵。

▲ 前導預告拍攝器材 BOLT

用好的內容決一勝負

OTT 的崛起，讓全球影視產業進入新的革命時代，從電視上收看節目早已不是人們獲取娛樂的唯一途徑。在大環境下，廖翎妃仍堅信，只要有新的做法、有所突

▲ 今年夏天最黑暗的列車　　▲「OCN 劇場」八大電視地標

破，傳統平台仍有扭轉局勢的機會，「因為我們的內容有很大一部分的受眾是年輕人，所以一定要與時俱進去擁抱跟面對新媒體，透過社群的連結，讓年輕人知道有哪些好的 IP 會在我的平台播出，提醒他們可以回到傳統平台收看。」

以往的採購流程，因為必須經過後製，通常韓國下檔之後，最快也要三、四個月才會在台灣上架。曹善迪提到，為了迎頭趕上 OTT，電視台也開始在思索討論，該如何用更快的速度製作，在戲劇還有熱度的時候排播。「當然翻譯的部分我們依然會嚴格把關，提供觀眾最優良的觀劇品質。」

這是廖翎妃眼中傳統平台的優勢，OTT 為了搶在第一時間同步播出的翻譯品質，可能不及傳統平台再三把關來得嚴謹，再者，「有一部分沒有習慣使用 OTT 的族群，他們還是會選擇傳統平台，透過我們引進不同類型的韓劇，讓他們接觸更多元的內容。」而傳統平台一直以來的「雙語」選項，可以接觸到更多族群，背後的意義，也在於提供更多機會，養成一批台灣在地的專業配音員，支持產業的茁壯。

從線上到線下，唯一不變的就是「內容為王」，只要有好的作品，無論在哪個平台都吃得開。廖翎妃強調這也是八大堅持引進 OCN 的主因，「藉由更多元的類型劇劇種，不僅提升觀眾的觀影格局，對於台灣的影視產業更是一種新的刺激，長遠來看，可以產生更多良性競爭。」對於傳統平台來說，或許這是最壞的年代，但何嘗不也是最好的年代，傳統平台與 OTT 激烈競逐，受益的，永遠是守在電視機和螢幕前就有好劇可追的觀眾。

字幕譯者，請回答！

文字整理・EZKorea 編輯部

韓劇字幕譯者既是神祕的幕後人員，又是成品的重要推手。翻譯時也需經常依照案件劇種、緊急度、客戶要求而做不同處理。本刊邀請到龔苡瑄、劉育丞、柯姵儀三位翻過如《夫婦的世界》、《金祕書為何那樣》、《祕密花園》、《屋塔房王世子》等許多知名韓劇的台灣譯者，與我們分享一些韓劇翻譯的細節與辛酸血淚。

Q1 最開始是如何入行的呢？

龔：我最一開始接觸的是口譯工作，後來透過口譯時認識的人轉介紹台灣有意做字幕的公司，從一開始每週一部劇的量，到現在只要工作量允許，我可以一週翻譯七天的即時字幕。

劉：我是藉由學姊介紹，開始與後製公司合作，翻譯電視台的韓國綜藝及韓劇。通常這一行還是以轉介紹為主，再來就是投稿各家翻譯社，試譯過後等待發案。

柯：我是在大學四年級快畢業的前夕，透過在做英文翻譯的學姐介紹後，才踏進韓國影視字幕的行業，應該算是很幸運有機會能踏入這一行。

Q2 字幕譯者的基本翻譯流程為何？

龔：基本上字幕翻譯分成兩種形式，一種是即時跟播，一種是非即時翻譯。

即時跟播的話，因為有隔天上架的壓力，沒辦法一人擔下整集的分量，會依照劇或綜藝節目的時間長度平分給多人，每人分擔約 6-15 分鐘的片段，最後由校訂者統整。另外也因為要趕隔天上架，但大部分電視台怕影片提早外流，不會先給影片，所以只能先一邊看直播一邊聽譯，最後等正片來了再做修正。而且每家電視台習慣不同，可能會事先提供腳本，又或者播出後提供逐字稿讓我們確認，但腳本不會完全和播出內容相同，逐字稿也可能會誤打或誤聽，所以即時跟播基本上是項十分吃重韓文聽力的作業。
非即時翻譯則會事先提供影片，給譯者較長的作業時間，少了時間壓力，費用相對也較低，但通常會由一人負責整集的翻譯工作。
而在翻譯流程上，因為我是從即時跟播入門，所以習慣直接聽譯，如果有不確定，會在完成全數內容後對腳本或逐字稿確認。

劉：拿到稿子後便開始翻譯，就即時劇（綜藝）翻譯來說，官方影片會等韓國播出後才會將影片給譯者，時間通常都會等到半夜。

柯：翻譯流程會根據每個譯者的習慣而有所不同，但如果是 ON 檔劇的話，都會跟韓國直播先看一次，

理解劇情之後再進行翻譯。另外像是最近網路漫畫改編的韓劇很多，我也會先看過韓國網路漫畫理解故事大綱、走向。

Q3 字幕翻譯分有哪些形式？

龔：形式就如前面所說的，另外還有英文稿，但它對於有韓文能力的譯者來說，較像是參考作用，因為英文與韓文語法、用詞、修飾的習慣都不同，相較韓文原文來說偏簡略，比較注重意譯，若完全按照英文稿翻譯的話，會有許多原文被省略掉，所以我個人只會把英文稿作為參考。
而畫面字幕不會另外獨立作業，不論韓劇或韓綜，通常在翻對話時若出現畫面字幕就會一併翻譯。

劉：一樣會分有沒有稿子，聽翻價位通常比較高。還有一種是電視台的配音稿，通常都有附稿，但要配合劇中人物說話嘴型決定句子長短，像是要依情況加一些贅字，或適度斷句以方便配音，相較之下，網路平台的節目翻譯則要求簡潔俐落。配音稿通常是非即時的，一個禮拜翻 4 集左右，而以網路平台為主的即時劇，則要在拿到影片後 12 小時內完成。

柯：聽翻、附韓文稿、附英文稿、字卡翻譯等都有，聽翻要注意的就是不能太相信自己的耳朵（笑），畢竟不是母語者，在不確定的情況下最好能找到韓文字幕或是請韓國人協助，畢竟翻錯的話多少會讓觀眾出戲。
有韓文稿對我們來說會相對輕鬆，但還是要注意演員或藝人有沒有脫稿演出，有些即興演出的台詞並不會出現在劇本上。

而英文稿是很多公司採取的方式，但畢竟韓文＞英文＞中文的順序，會讓中文少了很多味道，通常英文稿會是在找不到韓文譯者的時候，讓英翻中譯者可以接手而給的方式。

Q4 主要都是做哪類型的韓劇翻譯？遇到不同類型的戲劇或特殊情況時，如何處理譯文？

龔：目前完全沒有翻譯醫學劇的經驗，其他愛情、懸疑、喜劇、古裝、校園、家庭劇等，大部分類型的韓劇都有翻譯過，也翻過許多韓綜。

我比較講究的會是諧音笑話、俗諺、角色的個性等，有時會使用在地化、比較貼近台灣人笑點的哏，也會用台語呈現，甚至依據不同角色的個性選擇用詞，讓觀眾有更直接的感受，畢竟在夜店想搭訕正妹時，你也不會對人家說：「窈窕淑女，君子好逑。」（笑）。

劉：我以前主要是接電視台的綜藝及韓劇配音稿，但這幾年跟播劇開始流行，所以加入了文安娛樂公司以翻譯即時劇為主，基本上所有韓劇類型都有接過。

遇到古裝劇時，若是韓國古代特有的名詞，我就會另外加註解，例如「은장도（銀妝刀：朝鮮女子防身用的飾品及保護貞節的象徵）」、「다모（茶母：朝鮮的官婢，也會負責調查女性相關案子）」；其他一般用詞就改成古代用語或文言一點即可，例如翻成爹娘、私塾、茅廁之類的。

北韓用語的話，我會利用我們跟大陸用語的差別，像是馬鈴薯用土豆，小姐用小姑娘，或是句尾加個「兒」字。方言的話，則可以加雜些台語，或是用台灣國語的方式，例如偶素 XXX 之類的。

另外韓國的尊卑文化相當嚴格，有半語敬語之分，

但因為中文沒有特別強調，所以通常都是以「您／你」，或是加個「請」字來區分。舉例來說，我們時常碰到劇中人物說「你怎麼對我說半語」，沒接觸過韓國文化的觀眾對「半語」這個詞可能會不太熟悉，所以通常會翻成「你說話怎麼如此不客氣」、「你給我放尊重點」之類的說法。

最後還有諧音哏的狀況，有時候譯者也會自己想哏，例如「멍멍이與댕댕이」，我就翻成「汪汪與旺旺」這種加兩筆的方式，都是在文字上做變化。但有時候真的沒辦法翻，或是有中文配音的情況下，就會以註解的方式呈現。總結來說，還是要以觀眾的角度來詮釋，盡量淺顯易懂讓大家能融入劇情。

柯：我目前都還是現代劇居多，也有做些綜藝的部分。若遇到較特殊的情況，也會看客戶的要求，有沒有需要把那個感覺翻出來，畢竟字幕翻譯在每個畫面都會限制字數，不能有太多的附加說明。但像是北韓用語的話，因為畫面下方會有說明，就會另外放上解釋，所以不會特別做什麼改變，像《愛的迫降》中出現的北韓單詞，在劇中第一次出現時都會有字幕解釋，之後此單字再出現時就可以再次使用了。

Q5 翻譯字幕時，有沒有什麼特別要留意的地方？

龔：我覺得最重要的還是抓住韓文意思的精髓，不被韓文語法、單字順序綁架，翻出最符合中文邏輯的句子，如果不是台灣人能理解的用法，也不用執著於原文，要優先考量觀眾視聽的舒適度，不要把很短促的韓文翻成過長的中文，以免來不及閱讀。翻譯完成後，以觀眾完全不懂韓文、韓國文化的立場重新審視

一次譯文,也不失為一個好方法。

劉:要注意字幕要讓觀眾來得及看,以我們公司來說,一行通常會保持在 16-17 個字左右,綜藝因為話比較多,所以可以到 24 個字左右,為了讓畫面簡潔,會盡量言簡意賅,避免贅字,除非是配音稿,要以畫面演員說話長度為主。

另外若是團隊作業的即時劇,就要留意重複翻或漏翻的情況。每部劇也要統一規則與角色名稱,像是遇到數字時,就會有個位數用國字,兩位數或很大的數值就用阿拉伯數字的規則。

最後還有翻譯軟體的部分,通常只要 WORD 就可以了,除非有需要上時間軸,就會需要專業軟體,網路上有很多種,可以看哪種比較容易上手。

柯:有一個比較重要的可能是標點符號的部分,大家應該也都知道字幕是不會有句點的,句子的開頭也不會出現逗號或是「的」這樣的字,斷行的時候也必須考慮到要斷在哪裡,所以最後把自己當成觀眾,再檢查一次其實會更好。

> **Q6 翻譯至今,有沒有印象特別深刻的地方?或是最困難的一次翻譯經驗?**

龔:我印象最深刻的是《浪漫的體質》,也是我第一次負責校訂的韓劇,這部韓劇的對話非常多,演員語速也很快,另外劇中不只有一般角色的對話,甚至插入許多畫外音,所以台詞從頭到尾幾乎沒有空隙。當時剛好又遇到一批較新的譯者,所以大家翻得非常吃力,我校訂時也花很多時間,雖然這部劇在台灣沒有特別紅,不過我覺得內容非常詼諧有趣,很多令

人會心一笑的台詞,也穿插很多現實又感動的橋段,雖然翻譯的過程有點痛苦,但是一部我個人很喜歡、覺得值得一看的作品。

劉:我曾經遇過很刁鑽的編審,對一些用詞跟語順相當嚴格,雖然譯稿被挑剔會很不開心,但共事的那幾年讓我磨練出堅強的翻譯實力,現在幫人校稿,看著譯者們慢慢進步,也是滿有成就感的。而困難的翻譯經驗,可能就是近期翻的即時劇《哲仁王后》吧,因為它算是穿越喜劇,所以裡面綜合了現代及古代的諧音哏,讓我們團隊的譯者傷透了腦筋,花費了不少心血。

柯:我翻譯韓劇至今已經七年多了,但畢竟韓劇題材很多,所以每一次翻譯還是都很有挑戰、令人印象深刻。目前我覺得最困難的是《浪漫醫生金師傅》,這齣應該算是很多韓劇迷都知道的醫療劇,後來還有第二季。醫療劇最辛苦的地方是在那些專業用語上,畢竟譯者不是醫生,要花很多時間查證那些字詞,以及進行手術時的用語,那時我也問了很多醫生朋友才能順利完成翻譯。

> **Q7 平時都是怎麼持續培養、累積韓語翻譯實力的?**

龔:持續工作就算是一種練習,特別是非即時的翻譯,因為有較多作業時間,可以思考如何潤飾文句。如果想訓練韓文實力,還是要靠自己多看多聽,特別是綜藝,要讓自己曝光在最新的環境裡,才能學到最新的用語,翻出最符合時下流行的字幕。至於中文通順度的訓練,我在觀看其他影像作品時,也會觀察其

他譯者的譯文,如果發現不錯的用法會記起來,或是會有點職業病,邊看邊想有沒有其他更好的翻法。

劉:平常就是多看韓劇,看看別人是怎麼翻的,對自己的翻譯實力很有幫助。

柯:其實最能夠累積韓文實力的方式就是多聽多看,多看韓文書,去了解韓文一些隱藏的涵義,學過韓文的人應該都知道,有時候字典上的意思跟劇中想表達的意思會天差地遠。而在看韓劇、韓綜的時候,藉由不看字幕來練聽力,或是看韓文字幕學習韓文都會是不錯的方法。

Q8 對於想入行字幕譯者的人,有沒有想對他們 　　說的話或建議呢?

龔:我認為「聽韓文能夠理解意思」和「翻譯出中文字幕」其實有著相當的距離,身邊許多韓文不錯也喜歡看韓劇的人都會想嘗試字幕翻譯,但是最後都因為實際作業時間超乎想像所以打退堂鼓,甚至還有朋友說過:「以後真的要跪著看字幕!」而且不論是即時跟播劇或非即時字幕翻譯都有其辛苦的地方,但如果你有一定的韓文能力,也想嘗試翻譯相關工作,有心付出時間,那麼我覺得這會是一個滿平易近人的入門管道。

劉:這份工作看起來很有趣,但一部劇 65-75 分鐘,所需花費的時間至少要七到八小時,若是跟播劇的話,便要有日夜顛倒、熬夜傷身的心理準備,而且通常都是以接案為主,若是沒有穩定長久配合的公司和接案量,收入是非常不穩定的,為了有可觀的收入,就必須接大量的案子,我曾經每天工作 12-16 小時,持續一兩個月,雖說當接案工作者的好處是時間自由,但忙起來也是要人命的,所以這個工作的流動率也算滿大的。
另外也給想從事字幕譯者的朋友們一些建議,很多人一開始都是抱持極大的熱忱來,但在發現這工作沒有想像中美好後,就會開始擺爛拖稿。我認為做任何一份工作最重要的就是責任感,尤其是自由工作譯者,你接的案子、翻出來的作品,都代表著你個人品牌,工作效率、態度和品質是合作對象願不願意繼續合作的重點,因此務必將案子做到盡善盡美。

柯:有遇過一些同事對自己的翻譯很沒自信,覺得自己的韓文不夠好,但我覺得沒自信並不會讓自己的翻譯實力進步,畢竟進入各個翻譯公司後都需要經過試譯才能上陣,既然能通過試譯就要對自己有信心囉!

受訪者簡介

龔苡瑄　畢業於政大韓文系，曾在韓國慶熙大學交換，迄今累積近三年的口筆譯經歷，皆為自由接案譯者身分，常涉獵影視字幕翻譯、文件翻譯、書籍翻譯、公演硬體設備口譯、藝人隨行口譯、採訪口譯等領域。

戲劇：
漢摩拉比小姐、SKETCH 素描、金祕書為何那樣、我的 ID 是江南美人、雞龍仙女傳、觸及真心、圈套、雙面殺手、她的私生活、初次見面我愛妳、Voice3、請融化我、精神病患者日記、天氣好的話，我會去見你、重生、法外搜查、十八歲的瞬間、浪漫的體質、如實陳述、綠豆傳、重返 18 歲、女神降臨……等。

綜藝：
新西遊記 7 & 8、美味的廣場、認識的哥哥、星期五星期五晚上、李棟旭想做脫口秀、一日三餐 5 漁村篇、第六感、RUN.wav、暑假、我家的熊孩子……等。

其他：
YouTuber 韓勾ㄟ金針菇《北韓系列》、《台風系列》、《我金誘人系列》中數支影片。

劉育丞／Cindy　畢業於中國文化大學韓國語文學系暨研究所，曾在韓國仁川大學當交換學生，學生時期便開始接案翻譯，包括韓文書籍、網路遊戲、韓國電影、韓劇、韓綜等，已有十五年的翻譯資歷。

戲劇：
大力女都奉順、去機場的路、奶酪陷阱、她的私生活、金祕書為何那樣、金裝律師、當你沉睡時、經常請吃飯的漂亮姐姐、認識的妻子、THE K2、推奴、熱血祭司、祕密花園、49 日、Dream high2、屋塔房王世子、I do I do、守護老闆、清潭洞愛麗絲、想你、愛情雨、學校 2013、哲仁王后、女神降臨、重返 18 歲、惡之花……等。

綜藝：
爸爸我們去哪裡、Let 美人、家族的誕生、Star King、兩天一夜、我們結婚了、Running Man、美味的廣場、尹 Stay……等。

其他：
QUICK、我的見鬼女友……等電影。
在你視線停留的地方、延南洞之家……等網路劇。

柯姵儀／Chelle　畢業於國立台北教育大學語文與創作學系，國中時喜歡上韓綜，高中因為韓流開始學習韓文。在大學二年級時因為有機會到韓國交換學生，就大膽去追夢，也就此開啟了韓文翻譯之路。

戲劇：
台版：驅魔麵館、浪漫醫生金師傅、德魯納酒店、金祕書為何那樣、天才醫生車耀漢、夫婦的世界、Doctors、雙面警察、當你沉睡時……等。
港版：皇后的品格、棒球大聯盟（台譯金牌救援）……等。

綜藝：
Running Man、一日三餐、新西遊記、帶輪子的家、姜食堂、超人回來了……等。

用聲音賦予新生命，韓劇配音原來是這樣！

製作

撰文．林雅雯（B編）
圖片提供．紅棒製作

　　如果你看過韓劇《又是吳海英》，可能就會對男主角朴道京的工作有點印象，他是一名「音響導演」，在戲中常見他帶著麥克風及錄音設備，上山下海收集各種聲音；或設法在錄音室內，巧妙運用各種道具，製造出與影集畫面搭配合宜的聲響。這是配音工作的一種，利用後製呈現拍攝現場收不到的聲音，也讓畫面更顯生動。

　　還有另一種配音，是為了消弭語言隔閡而做的，日本節目中最常看見，無論是電影、綜藝還是新聞，只要是外國人（非日語使用者）的發言，就會被加上日語配音。

　　這樣的狀況在台灣常見於電視劇或電影當中，韓劇引進台灣之後，除了中文翻譯字幕之外，在各大電視台播映的劇集，往往會加上中文配音，讓觀眾們——乃至於視障者可以「用耳朵追劇」，不必專注於字幕，用更熟悉的語言投入劇情當中，另方面也能提升觀眾的接受度。

　　然而，配音只是看著畫面，單純將台詞以中文唸出來而已嗎？不不不！事情並不是這麼簡單，深入了解從事配音工作多年的「紅棒製作」之後，才知道戲劇配音是由台詞翻譯、聲音導演和配音員，共同努力的成果。

不是照翻譯稿唸而已！配音前還有這些工作……

　　當電視台決定要為一齣韓劇加上中文配音後，會發包給專司配音的製作公司，紅棒製作就是這樣的一家公司。紅棒製作成立於 2006 年，是台灣老字號的配音公司，提供字幕翻譯、人聲或音效配音、畫面特效字等各方面的服務，除了電影、電視劇之外，在通訊軟體的音效貼圖、遊戲機台也能聽到他們的聲音。

　　以韓劇為例，在正式配音前重要的前置工作有兩個大項：字幕翻譯及配音員的挑選。

　　不同於單純只上字幕的原音韓劇，配音韓劇的字幕稿，必須考量到角色嘴巴動作的時間長短、台詞是否夠口語流暢、是否符合中文的使用環境，因此在翻譯台詞

的修潤上，就得花上比較多的時間。

在紅棒製作從事配音字幕翻譯、審閱的工作的韓文編審楊千瑢表示，韓翻中並不難，困難的是觀察演員的嘴型及計算音節，再將中文台詞在不偏離原意、台灣觀眾要能聽得懂的情況下，修飾成適當長度的句子。

舉例來說，短短的「謝謝」二字，在韓文中可能是「감사합니다」、「감사해요」、「고맙습니다」等等不同用法，演員嘴型至少呈現四到五個音節，為了觀眾收看時眼耳感到協調，配音稿就必須翻成「很感謝您」、「非常謝謝」等字數較多的句子。

翻譯完成後，「看帶人員」會根據韓劇母帶，將時間軸、科（動作）及負責的配音員標記到配音稿，除了台詞之外，演員發出的任何聲音，包含哭笑、嘆氣、吞嚥、喊叫、咂嘴等，都是配音員負責的範疇，而這些不需要翻譯的聲音，就得透過看帶人員的仔細記錄，配音當下才能順利，因此看帶人員需反覆觀看影片多次。

接著，配音稿得再經過「聲音導演」、在配音界的行話裡稱為「領班」的人順稿，待領班確認所有台詞都合宜後才能定稿。

錄音開始，配音員的日常工事

在字幕翻譯、審閱的同時，挑選配音員的工作也同時如火如荼展開。一部韓劇大概需要八到十位配音員，從主要角色開始挑選，根據演員的聲線、長相，選擇讓觀眾可以輕易「聽聲辨識」的配音員，戲份較重的角色一定是由不同的配音員負責，剩餘的小角色、路人甲乙丙再由同一群配音員「變聲演出」，因此一位配音員基本上都有五至六種聲線可變換。之後，配音員們會錄一段「試音」傳給電視台，反覆來回幾次後，才能確定一部韓劇的配音員陣容。

配音員確認、配音稿定稿後，才真正能走進錄音間，進行配音的錄製。紅棒製作的配音員巫玉羚及蕭秀玲，二人已從事配音工作多年，她們的聲音出現在戲劇、電影、動畫、乃至於各類機台的語音說明，在你我不經意的時刻出現在我們的生活當中。

問起在錄音前，錄音員也會觀看韓劇母帶嗎？巫玉羚及蕭秀玲不約而同地給出了正面的答覆，因為配音員在一齣戲裡常要分飾多角，負責至少一名主要角色及其他零星配角，再加上韓劇是真人演出，每一位演員都具

備表情、動作及聲音演技。因此在錄音前，她們會先透過原音母帶觀察角色的聲音特質、語速、音調、語氣及情緒等，在配音時利用聲線與情緒的變化，做出角色區別；另方面也能熟悉情節走向，好讓自己投身配音時，能更快融入劇情。

配音是一項專業，聲音經濟當道！

每一次進入錄音間，巫玉羚及蕭秀玲唯一的「儀式」，就是將手機關機，好讓自己完全沉浸在工作模式，不受到外界的任何一絲打擾。配音是一項耗費體力的工作，而不只是單純的「說話」，為了讓觀眾能夠在不看畫面的情況下，藉由聲音的變化及細緻表現，感受演員的喜怒哀樂、劇情的悲歡離合，配音員傳達的，絕對不只是台詞而已，而是精湛的聲音演技。

配音員的工作只有配音嗎？除了聲優課程，巫玉羚也在大學表演藝術系的正音口條課擔任講師，畢竟使用聲音的場域很多，從日常的對話溝通、上台的口語表達、有聲書、廣播，再到近期流行的 Podcast、ClubHouse 等，聲音成了趨勢，打好如何把話說好、把內容表達清楚的基礎，再進階到如何用聲音勾著聽眾、創造收益，在「聲音經濟學」熱潮之下，配音員的工作疆界也不再受限於錄音室了。

當聲音逐漸受到重視，「配音是一項專業技能」的觀念，或許就能更快、更輕易被理解了吧？這是紅棒製作秉持的信念，希望能透過每一部作品、每一句台詞、每一道聲響，傳達給所有打開耳朵傾聽的人。

我好想當配音員！

巫玉羚及蕭秀玲都是經由配音訓練班進入配音界的，有意從事配音工作的人可以多留意電視台或製作公司開設的訓練課程，完成課程後還需經歷「試音」才有機會出道。

隨著觀眾越來越能接受台灣語言的多樣性，配音員未必要有字正腔圓的標準北京腔，但發音咬字絕對要清楚、讓人聽得懂。此外，配音員是用聲音在演戲，因此樂於表演、勇於表現，能快速轉換情緒、靈活調整態度的人，更能勝任這項工作。

社群

流量背後的真心： 我的救生圈

撰文・王喵（FB「不看戲會死！」版主）

　　世間總有一些未解謎愛，對我而言，一是文字，二是幕後工作人員。

　　像是我的粉絲專頁名稱「不看戲會死！」一樣，從小愛看劇的我跟朋友聊起戲劇總是講得口沫橫飛，朋友也會問我最近推薦什麼好看的劇，最後推我一把的大功臣是塔羅師好友對我說：「妳剛剛講得很好啊，為什麼不創個粉絲專頁寫出來？」正值工作撞牆期的我，彷彿看見救生圈般地抓住了這句話，從此開啟起了寫字人生。

名為「今天依舊過著要寫什麼的日子」馬拉松比賽

　　寫作跟經營粉絲專頁完全是兩回事，像是自炊跟開餐廳，心情跟作法上都有差別。但其實一開始無名的我也只是將粉絲專頁按讚達到 50 人作為年度目標。沒想到剛冒芽的粉絲專頁被「蘑菇娛樂」的板主蘑菇看見，並用愛惜推劇人才的心情在自家推薦了「不看戲會死！」，初出茅廬就走狗屎運，達成年度目標 10 倍以上。然而按讚人數日趨上升，考驗才真正開始，如剛入廚房的徒弟，鍛鍊自己心智方法之一就是日復一日不間斷連載，我還把這活動取名為「今天依舊過著要寫什麼的日子」馬拉松，沒有忙碌、生病、聚餐、沒靈感的藉口，最後這場與自己的競賽持續了 300 日。這段時間傾注所有的精神氣力，像是賽馬一樣只看著前方奔跑，

這粉絲專頁也從下班後的無聊消遣變成不可取代的地位。也多虧了這場馬拉松，往後的許多困難、懷疑都能一一克服。

粉絲給我的回饋與感動

　　其實經營劇評的粉絲專頁無法賺錢，我只是提供了一個場所讓大家停留三分鐘認識一部好劇，身為文字耕耘者，最好的回饋就是與追劇粉絲有所共鳴、感動。曾想過粉絲專頁會有很多糟糕情況，很幸運煩惱的事情九成都沒有發生，依舊活得好好的，也讓我願意去相信用心累積的事物結果不會太差。記得在創立初期，有個女孩會來留言，大概是個大學生，留言對未來有點迷惘，我也曾寫過幾句話鼓勵她。後來她漸漸不再留言，我也當作臉書演算法的關係就再見了。過了一段時間發現她又點讚了，她展開新的旅程，勇敢樂觀展開新的生活，我為她感到開心，也在心裡獻上深深的祝福。就像《小王子》提到「真正重要的東西，是眼睛看不見到的。」雖然跟很多人都沒有見過面，但是藉著粉絲專頁搭起一座橋，讓更多的好劇去豐富、啟發彼此的人生。

遇上人生的韓劇《未生》

　　只是用抓住救生圈的想法創立了「不看戲會死！」粉絲專頁的我，透過寫作暫時活著呼吸，卻依舊載浮載

沈，那時候很幸運的遇到了我的人生韓劇—《未生》，描述上班族血淚的心聲，是部灰色調的職場工作劇，劇情內容寫實又充滿無力感。有別於傳統的愛情狗血劇，讓人好奇到底是什麼樣的電視台願意製作非主流的戲劇內容，此一大膽的挑戰，收視率從開播的無人關心1%到結局創下亮眼8%完美收官，讓我們看見冷門的職場題材，只要用心製作、引發共鳴就會受到矚目外，甚至能在大眾輿論下，推動約聘人員年限條約的修法改革。《未生》打下我寫韓劇劇評文章的基石，也讓我認識金元錫導演，這是繼《請回答》系列的申元浩導演後，我第二位認識的韓劇導演。從小看劇的習慣養成，比起螢幕前的演員群，我對於幕後的製作團隊更加好奇，到底是哪群人打造出另外一個生活的世界。金元錫導演擅長拍出社會上不被重視的市井小民的灰溜模樣，引著清晨微亮的街道、夜晚高掛的月亮來反映出角色的渺小孤獨卻努力生存的樣子，就算看似厭世的劇碼，觀眾最終仍會明瞭導演想要傳達溫暖的訊息，並且從中得到撫慰。

犀利寫出人生百態的盧熙京編劇

除了導演會拍，還有寫出觸動人心故事的編劇，例如愛情劇龍頭地位的金銀淑編劇、擅長推理劇愛發便當的金銀姬編劇、善於在愛情劇添加奇幻色彩、天馬行空劇情的朴智恩編劇。除此之外，我自己也有崇拜喜愛的編劇。首先必須提到的就是盧熙京編劇，他對於自身作品要求非常嚴格，例如以基層員警為背景的《Live》，為了寫出真實的場景，他事前就花1年以上的時間在警察局遊走訪談；寫以黃昏青春為背景的《Dear My Friends》，就去公共澡堂與老人家聊天搏感情。只要花點時間跟人聊天就能夠摸透對方人生的盧編，關注被一般人忽視的話題，例如精神病患者、老人家或者基層員警，在盧編犀利的筆鋒下打破大家的成見。

治癒焦慮與孤獨的朴海英編劇

再來是擅長描寫人生的不平與無奈，正面迎視嫉妒、懦弱等負能量，以《又是吳海英》、《我的大叔》被大家認識的朴海英編劇，以自己的名字為劇名，從學校同年級就有4個叫做「海英」的女孩得到靈感，寫出普通女孩嚮往的愛情與人生。朴海英編劇筆下的女主角並非人見人愛的女孩，也不隱瞞自己嫉妒、卑劣的想法，讓厭世的女主角說出「過得好的人比較容易成為好人」，不善良的女主角卻能引起女性觀眾的共感，加倍投入情感希望主角能得到幸福，這就是朴海英編劇的魅力所在。

珍惜日常瑣事的李祐汀編劇

最後是我心目中排行第一的李祐汀編劇，跨界韓國綜藝節目與電視劇，從綜藝節目編劇出身，之後與申元浩導演一起聯手合作《請回答1997》，以後輩同事為原型讓追星迷妹成為女主角，並且在韓劇中加入綜藝搞笑吐槽元素，讓觀眾有新鮮感，實驗性質的挑戰沒想到卻成為韓劇的新口碑。接下來《請回答1994》、《請回答1988》捲起懷舊復古風，描寫家庭親情劇更賺人熱淚，屢屢創下好成績。申元浩導演與李祐汀編劇組合的特點之一，就是喜歡採用新面孔演員、親自面試各角色，從懇談中選擇適合的演員，栽培新人促成更多的可能性。這份溫暖的心意也呈現在戲劇上，劇本看似平凡的日常生活吵吵鬧鬧，卻總是在不經意的時刻引爆炸彈，讓觀眾經歷一場震撼洗禮後發現其實身邊習以為常的人事物都是可貴的，再小的碎片，陽光照耀下也會閃閃發亮。

追劇是你我的幸福時光

韓國編劇發展多元，在愛情、推理、驅魔、家庭、職場、校園、歷史等都各有一片天，不怕找不到你喜歡的題材，在時代演進下複合式類型也很常見。不論是哪一種類型，戲劇的核心信念都是當主角遭遇困境低潮時，觀眾也陪著主角走在一條彷彿無止境的黑暗隧道，主角突破各種難關終於走到隧道盡頭看見曙光時，便帶給觀眾最大的共鳴與安慰，追劇成為一段無可取代的幸福時光。

撰文者｜王喵

經營 FB 粉絲專頁「不看戲會死！」。
人類圖裡的 6/2 人，正值待在屋頂上觀察人類的時期。又偏執又宅剛好待在家裡看劇，加上喜歡寫作，偶然注定踏上劇評這條路，意外得到的回饋能量得以豐沛的好奇心探索存在又不存在的世界。

MOOKorea 慕韓國 01

韓劇樣貌：
MOOKorea慕韓國 第1期 드라마

統　　　籌：EZKorea編輯部
企　　　劃：郭怡廷
執 行 編 輯：郭怡廷
韓 文 撰 稿：趙叡珍
韓 文 翻 譯：吳采蒨
內 頁 插 畫：盈青、Bianco Tsai
內 文 校 對：曹仲堯、郭怡廷、邱曼瑄、吳采蒨
內 頁 排 版：簡單瑛設
封 面 繪 圖：盈青
封 面 設 計：Bianco Tsai
韓 文 錄 音：趙叡珍、吉政俊
錄 音 後 製：純粹錄音後製有限公司
行 銷 企 劃：陳品萱

發 行 人：洪祺祥
副 總 經 理：洪偉傑
副 總 編 輯：曹仲堯
法 律 顧 問：建大法律事務所
財 務 顧 問：高威會計師事務所

出　　　版：日月文化出版股份有限公司
製　　　作：EZ叢書館
地　　　址：臺北市信義路三段151號8樓
電　　　話：(02) 2708-5509
傳　　　真：(02) 2708-6157
客 服 信 箱：service@heliopolis.com.tw
網　　　址：www.heliopolis.com.tw
郵 撥 帳 號：19716071日月文化出版股份有限公司

總 經 銷：聯合發行股份有限公司
電　　　話：(02) 2917-8022
傳　　　真：(02) 2915-7212

印　　　刷：中原造像股份有限公司
初　　　版：2021年05月
定　　　價：400元
I S B N：978-986-248-957-4

韓劇樣貌：MOOKorea 慕韓國 . 第 1 期 =
드라마 /EZKorea 編輯部，趙叡珍著 . -- 初
版 . -- 臺北市：日月文化出版股份有限公司，
2021.05
　　面；　公分 . -- (MOOKorea 慕韓國；1)
ISBN 9978-986-248-957-4（平裝）

1. 韓語　2. 讀本

803.28　　　　　　　　　　110003805